VITAMINAS

PARA EL

ALMA

ATRÉVETE A DAR EL SALTO CUÁNTICO
DEFINITIVO QUE TRANSFORMARÁ TU VIDA

SONSOLES CONDE CANO

DEDICATORIA

Este libro quiero dedicarlo principalmente a mi familia.

A mi madre y a mi padre que me dieron los principios morales y éticos sobre los que construí mi vida.

A mis hermanos, quienes siempre estuvieron y están al pie del cañón para brindarme su apoyo incondicional y para escucharme.

Y se lo dedico con toda mi alma, a mis sobrinos, que representan el devenir de la vida misma, deseo que ellos sean personas conscientes que aprendan desde el gozo todo lo que les tocará asumir en el futuro.

CONTENIDO

AGRADECIMIETOS

Creo firmemente en el poder del agradecimiento. Podría escribir un libro entero dando gracias a tantas personas que forman parte de mi vida y a muchas de las que han pasado por ella. Tengo el consuelo de que todas, en menor o mayor medida, lo saben, porque practico el agradecimiento a diario.

Pero especialmente quiero agradecer a las personas que sin conocerlas me han hecho llegar sus mensajes de apoyo y gratitud cuando me vieron participar en un programa de televisión de máxima audiencia demostrando que la vida es cuestión de actitud.

Soy consciente de que por su apoyo y energía de amor nace un poco este libro, con la idea de romper barreras de discriminación al diferente, que fuertemente siguen arraigadas en gran parte del subconsciente colectivo.

¿Qué más da que vayas en una silla de ruedas o que seas un marroquí sin estudios? Todos somos valiosos porque tenemos talentos y habilidades por desarrollar; dones que nos hacen únicos y, lo que es más importante, una infinita capacidad de amar y el deseo de ser amados.

Te agradezco a ti, querido lector, la oportunidad que me estás dando de contarte mi filosofía de vida y las herramientas que he ido adquiriendo en este viaje maravilloso que es la vida.

Finalmente, quiero dar las gracias a todos los "Hamids" que han pasado por mi vida, porque de cada uno de ellos he aprendido mucho.

CAPÍTULO 1. Una llamada inesperada

Me levanté aún con esa sensación de no haber vuelto completamente del mundo onírico. Como cada noche, me dormía con el firme propósito de emprender un viaje astral, vivir otras aventuras y aprendizajes que están una dimensión más allá.

«¿Qué era exactamente lo que había *soñado*?» Estaba segura de que existía un mensaje implícito en ese sueño que era importante para mí y mi futuro inmediato

Mientras introducía las frutas, las semillas y la leche de avena en la batidora, me quedé embobada mirando cómo giraba todo y se mezclaba para convertirse en el batido *healthy* con el que me gustaba empezar el día.

En eso andaba, cuando me sonó el móvil… No daba crédito, su nombre parpadeaba en mi pantalla. Hacía casi un año que no hablábamos más allá de 2 o 3 mensajes cortos para saber que ambos seguíamos respirando.

Mi corazón se paró por un instante y reconectó con toda esa energía del amor que, durante prácticamente tres años, nos profesamos. Sonreí y contesté:

—¡Amore, qué ilusión!... *How are you?*

—Sol, me voy a casar y quiero verte una vez más.

1

Sorprendida, solté de golpe mi batido. El vaso estalló contra el suelo de la cocina, rompiéndose en mil pedazos de cristal. Ahora sí que tenía un problema, si me movía solo un poco, acabaría pinchando las ruedas de mi silla, pero las palabras de Hamid me sacaron de ahí y me llevaron otra vez a su desierto:

—¿Me estás escuchando?

—Sí, claro… —el inglés se atascaba en mi garganta. Solo atiné a preguntarle: —*Are you happy?*

—Quiero verte, por favor, ven, como mi amiga, mi guía, mi apoyo, mi maestra, tú ya sabes lo que tuvimos, lo intenso que fue; también que supimos decirnos adiós a tiempo para conservar cual tesoro todo lo que vivimos juntos… Por favor, te espero en Marrakech, no me puedes decir que no, te necesito.

No atinaba a pensar, abrí la boca y me salió de golpe:

—Cuenta conmigo, te lo dije en su día y te lo repito ahora, eres un ser mágico, que llenó de luz una parte de mi vida y siempre te estaré agradecida… Pero si te vas a casar, únicamente iré en calidad de amiga, para desearte lo mejor.

Colgué con la promesa a Hamid que cuando tuviese los billetes de avión le mandaría la hora exacta para que me esperase en el aeropuerto, igual que tantas otras veces en el pasado. «¿Y su español? ¿Había mejorado notablemente o había sido fruto de mi imaginación?»

Tras colgar el teléfono me enfoqué en escapar de mi cocina. Aparté como puede los cristales con una bandeja que tenía a mano hasta llegar a la escoba y barrer aquel desastre. Parecía que mis ruedas iban a salir intactas de aquello, pero

¿y yo?; le había dicho a Hamid que sí, que iría a verle. Mi corazón latía con fuerza.

El tierno y dulce Hamid, el hijo del desierto, amigo de los animales y con alma de trovador. Cuando le conocí, nunca pensé que podría llegar a enamorarme de aquel ser maravilloso que tan lejos estaba de mí y de mi mundo; pero yo sé que él vino a mí para derribar algunas barreras que aún estaban firmemente ancladas en mi subconsciente.

«Nadie puede volver atrás y comenzar de nuevo. Sin embargo, cualquiera puede comenzar hoy mismo y hacer un nuevo final»
María Robinson

Si tuviese que dibujar mi vida, la retrataría igual que una de esas gráficas que se usan para hablar sobre negocios o la fluctuación de la bolsa: con muchas líneas que suben y bajan.

Y es que a los veinticuatro cuando pensaba que estaba lista para comerme el mundo, con una carrera universitaria, con mi primer trabajo muy bien pagado, y viviendo por fin con mi novio de manera independiente, vino el Universo y me paró en seco; literalmente, me paralizó de la cintura para abajo.

Un coche, alta velocidad, un semáforo en rojo y lo que era mi mundo, mi vida, fundido a negro… Ahí empezó la parte más aburrida de la historia: los hospitales, los médicos, las operaciones y la rehabilitación, mucha rehabilitación.

En realidad, lo que estaba dándome la vida, era tiempo para resetear; algo no iba del todo bien en mí. Estaba viviendo sin un propósito, sin ninguna intención de evolucionar y crecer, de aportar valor al mundo; no había tenido consciencia de ello hasta entonces y, en honor a la verdad, tardaría mucho tiempo en tenerla.

Pasé más de siete meses ingresada en un hospital especializado en lesiones medulares. Recuerdo aquella época de manera confusa, y no en vano, tenía por delante una larga etapa de duelo. Me quedaban muchas fases que atravesar, la negación: «esto no me puede pasar a mí»; la ira, «¿por qué yo?, no me lo merezco»; la negociación, «venga vale, me quedo el tiempo que haga falta en el hospital, pero luego me voy de aquí andando». También la tristeza, el miedo, la depresión, «¿quién me va a querer así? ¿Cómo voy a trabajar? y ¿a viajar?»

En fin, miles de pensamientos negativos que te pasan por la cabeza y que te hunden más y más en un pozo, ya de por sí, negro.

Me encantaría deciros que un día te levantas iluminada y todo cambia, pero no; yo no tuve un clic tan brutal. Ni siquiera ahora, tantos años después, sé cómo lo hice, pero lo hice.

Empecé a cambiar mis pensamientos, y lo primero fue aceptar la realidad de lo que me estaba pasando e integrarla a una nueva percepción de mi propia vida

Y así comencé a ponerme pequeños retos que me permitiesen pasar a la acción y, sobre todo, volví a sonreír; creo que esa fue la clave: sonreír mucho. No estaba dispuesta a perder más cosas. Acababa de cumplir veinticinco años y tenía toda la vida por delante, pero no quería una vida triste y amargada; quería divertirme, disfrutar, reírme. Y en ese mismo momento hice un trato con la vida: «dame un buen paquete de comodines, porque voy a hacer cosas no del todo muy prudentes, un accidente vale, ¿pero dos?»

Esto quiere decir, que voy a esquiar, y me deslizaré sin miedo para sentir el viento en la cara y la respiración entrecortada del esfuerzo, pero no me pasará nada. Me sacaré el carnet de conducir y me apañaré como sea con la silla y el coche; disfrutaré de los mejores paisajes en carreteras de montaña y volveré a casa sana y salva. Cogeré aviones, trenes, autobuses y recorreré países lejanos, con playas, pueblos, montañas y desiertos; la vida me protegerá y me mostrará sus bondades.

Poco a poco me di cuenta de que se trataba de ponerle actitud a la vida; si yo tiraba para adelante, y le mostraba al mundo que se puede ser feliz, aun cuando las circunstancias no te vengan todas de cara, el mundo me iba a tratar de la misma manera, cómo a una más.

«Lo que importa no es lo que te sucede, sino… cómo reaccionas a lo que te sucede»
Epícteto

Y esto, que fue el gran punto de inflexión de mi vida, te lo cuento para ponerte en contexto, no para distraerte… La historia es que acababa de meterme, yo solita, en un compromiso con Hamid que no estaba muy segura de poder cumplir.

Como supongo te habrá pasado a ti más de una vez, me encontraba ante un dilema, en el que la cabeza -racional- me decía una cosa y el corazón -emocional- otra. ¿Te suena?

A que sí, una voz que me dice: —Sol, no; ¿para qué vas a volver a abrir esa puerta que tanto te costó cerrar? Vuestra historia ya terminó, la viviste intensamente, la disfrutaste y sacaste todo el aprendizaje que llevaba implícito, déjalo estar, los dos tenéis una nueva vida, lejos uno del otro y así es cómo debe ser...

Pero, por otro lado, esa emoción íntimamente ligada al pecho, de saber que te apetece verle una vez más, de sentir, con un abrazo, que todo está bien, de intuir, que no es casualidad que me haya llamado a mí, ¿Por qué? ¿Qué puedo hacer yo?

Y, además, ¿cuándo he dejado yo escapar un tren? Me subo a todos, aunque muchos de ellos hayan descarrilado y conmigo dentro…

—Sol, céntrate…

Este que me habla es mi Ser Superior, esa vocecita que me da un *tok tok*, cuando me encuentro perdida.

Yo creo que es la voz de mi alma, con quién ya he desarrollado una comunicación íntima y fluida después de muchos años de convivencia. Obviamente me conoce mejor que nadie, pero a esta voz, aunque siempre ha estado conmigo, no siempre la he escuchado tan claramente. Ha sido a base de vitaminas energéticas —como la meditación,

el mindfulness, el vivir consciente en el momento presente—
que, lo que empezó siendo un susurro, se convirtió en una
voz firme y fuerte.

—Sol, que te vas por las ramas… ¿Nos vamos a
Marruecos o no?

—En ello estoy, qué te voy a contar a ti que no sepas,
¿cabeza o corazón?

—¿De verdad Sol? Otra vez con las mismas, con todo lo
que has vivido, lo que has rodado, en definitiva, lo que has
aprendido…

—Sí, lo sé, lo sé, el corazón, es allí donde reside toda la
verdad, nuestra verdadera esencia, nuestra auténtica
naturaleza del SER.

Ya lo aprendí, volver a nacer es encontrar el camino al
corazón.

—¡¡¡¡¡¡¡Nos vamos a Marruecos!!!!!!!!

CAPÍTULO 2. Punto de inflexión

Ahora ya he cumplido los 44, pero si le resto los 24 primeros, cuando aún andaba por la vida dando saltos con mis dos piernas sanas y fuertes, me quedo en 20. Me parece un número perfecto de años para comprimir un montón de viajes y experiencias que me han marcado y moldeado como la mujer empoderada que hoy soy.

Y aunque ahora ya no salte de la misma forma, sigo saltando, y lo hago acumulando saltos cuánticos que me han llevado, cada vez, un pasito más allá en mi camino de evolución personal.

Quizás el más potente, sostenible y mágico de ellos fue el año en que cumplí los 40.

En mi imaginación de niña feliz, la vida es una *gymkhana*[1] de pruebas y regalos que te vas encontrando a cada vuelta del camino, solo depende de ti si quieres abrir esa puerta o pasar de largo. Yo lo veo como un gran tablero de la oca: hay casillas para avanzar, otras que te detienen por un tiempo indeterminado y casillas con desafíos y retos. En este juego

---

[1] **Nota de la autora:** *gymkhana,* es el nombre genérico que se da actualmente a los juegos en los que se realizan numerosas pruebas de competición.

también hay pistas, que yo llamo señales, por eso hay que estar muy atentos para intuir qué esconde cada una de las casillas, aunque muchas veces no lo sabrás hasta que aceptes *jugar*.

Y por supuesto hay diferentes niveles que van subiendo de dificultad, pero que, con los talentos apropiados, el avance siempre es exponencial hacia arriba, como una espiral ascendente. Sin olvidar las reglas cuánticas, ya que quién mejor las conoce, juega con más ventaja. Una de estas normas y que a mí siempre me funciona es: creer en que pase lo que me pase en la vida siempre es por un bien mayor para mí, en armonía con el Universo.

Te lo explico, hay situaciones en la vida, en las cuales *a priori* pintan bastos; es decir, las ves negras, dificultosas, contradictorias con lo que tú quieres, una faena, vaya, pero que esconden un bien mayor para ti, aunque en ese momento no alcances a verlo.

Y sé de lo que te hablo, porque la puerta que me abrió el camino a una de las mayores experiencias de mi vida fue así.

Mi gran experiencia, el salto cuántico definitivo, al cumplir mis 40, fue irme a realizar una cuarentena al desierto del Sahara, Marruecos, una aventura maravillosa, potente, especial, repleta de encuentros mágicos y aprendizajes profundos.

Pero ¿cómo lo hice? ¿cómo surgió?... No me levanté un día de la cama y me dije:

—Sol, lo que tú necesitas es irte y alejarte del ruido por 40 días en el desierto, venga abre Google y busca —no.

Antes tendría que lanzar mis dados en el tablero de la vida

y tomar decisiones, que me acercarían a esa potente experiencia, pero que ni por asomo yo podía intuir en ese momento.

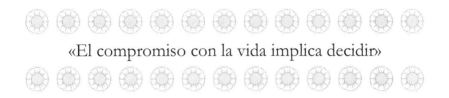

«El compromiso con la vida implica decidir»

Nos acercábamos a la Navidad, época que por imposición social, comercial, religiosa, familiar... nos obligaba a considerarla igual que a unos días maravillosos, mágicos, de paz y amor, dónde todos éramos felices y compartíamos momentos entrañables en familia.

Lo siento, pero a mí no me gustan las Navidades, desde casi nunca, será que me encanta ir a contracorriente. O será que haber crecido con unos padres divorciados que se llevaban fatal, siempre me hacía sentir horrible y dividida, porque si pasaba estas fiestas con mamá, no las pasaba con papá; y eso al crecer se lleva dentro.

Y aunque ya era adulta, eran fechas en las que me seguían imponiendo -o quizás me lo autoimponía yo- que pasara interminables comidas y cenas con primos y tíos con los que cada vez tenía menos cosas en común. Me sentía cero identificada con su manera de comunicarse y con sus conversaciones vacías de amor y llenas de críticas ajenas, daba igual a quién: al presidente de turno, la cantante de moda, o el familiar ausente… No me gustaba, no me encontraba bien y me costaba muchísimo reponerme de esas jornadas tóxicas.

Así que con los 40 encima de la mesa, me regalé la decisión de no asistir ese año a las cenas familiares.

Para mí fue un regalo liberador, pero generó todo un tsunami familiar al comunicarla. Lo reconozco, quizás un grupo de *WhatsApp* no fue la mejor manera; pero, visto de otra forma, esa era nuestra herramienta de comunicación entre Navidad y Navidad. El caso es que, aunque yo alegué razones personales para no asistir, sin entrar en detalles hirientes, se me acusó de romper la familia. Se enfadaron un montón conmigo, podría ahondar y explayarme, pero ¿para qué?, lo primordial de todo esto es lo que vino después.

Situémonos… ¿mi casilla en mi tablero de la vida en ese momento?: la tristeza, la pena, la parálisis. Tenía que gestionar muchas emociones y la verdad, era una situación que había provocado yo solita, dejándome guiar por mi corazón, eso sí. Entonces, ¿por qué me encontraba tan mal?

—Sol, aprendizaje: *desapego al resultado*

—Gracias, Ser Superior… —efectivamente, no podía o debía hacerme cargo de lo que el resto del mundo pensase de mí, eso ya no era mi problema, yo había obrado a conciencia, según cómo me sentía año tras año, y ya lo dijo Einstein, *«si quieres resultados diferentes, no hagas siempre lo mismo»*.

Cierto es todo lo anterior, pero yo aún no lo veía, así que opté por compartir cómo me sentía con mi grupo de *amigas-hermanas*.

Os hablaré de ellas, en forma super rápida, porque de cada una podría escribir un libro completo sólo con sus dones y virtudes.

Ellas forman parte de mi vida desde hace muchos años,

aunque ninguna me ha visto correr en este plano físico, fíjate si será profunda nuestra conexión que todas, cuando han soñado conmigo, me han visto caminando… ¿por qué será? Creo firmemente que nosotras ya hemos compartido más vidas antes que esta.

Anne, Martina e India son mis *amigas-hermanas*. Martina, India y yo nos conocimos en Barcelona, en la época de mi vida a la que yo llamo el despegue, fue a mis 26.

Sin embargo, Anne y yo nos conocimos en Madrid, fuimos compañeras de un *máster* que estudiábamos en la Universidad Autónoma, justo después de que yo saliera del hospital.

Así que, buscando un nuevo comienzo para mí o una reinvención de mi vida profesional o, quizás, tan sólo una excusa para tener que levantarme cada día de la cama, me matriculé otra vez en la Universidad. Allí la conocí y surgió la conexión desde el primer momento. Nos hicimos amigas inseparables, cómplices y Anne fue una de las primeras puertas que yo abrí hacia el mundo de las terapias alternativas, la astrología y los apasionantes conocimientos sobre metafísica.

El caso es que cuando se acabó el curso escolar, ambas, queríamos salir de Madrid. Yo romper definitivamente con todo lo que me recordase a mi ex; aquel novio que me prometía amor eterno, hasta que se dio cuenta de que en su ecuación no entraba mi silla de ruedas. Y ella cumplir su ilusión de vivir en Barcelona.

Y allí nos fuimos, nos buscamos unas prácticas para el siguiente año y en un par de viajes encontramos un piso en pleno Eixample de Barcelona. Ahora sí que sí, empezaba la bueno.

Nuestro primer objetivo, realquilar la habitación que nos sobraba, y es aquí, dónde el universo nos envió un regalo: India, una mexicana despistada y feliz porque había descubierto el placer de recorrer Barcelona en bicicleta, algo muy alejado de su realidad en el D.F.

¿Qué os puedo contar de India? Llegó, vio y venció… ¿cómo no voy a creer en el destino? Es así.

India nos fascinó con sus historias, con su acento, con su alta vibración, con esas ganas de comerse el mundo, con esa libertad que trasmitía, de estar haciendo lo que quería y dónde quería.

Ella, que siempre había soñado con la aventura europea, con la posibilidad de cruzar el océano y venirse a España a estudiar, lo había conseguido. Estaba recién llegada y tan plena de ilusión y de fuerza que nada se le ponía por delante. Le habían concedido una beca en una de las mejores escuelas de negocios de Barcelona y sólo le faltaba encontrar un sitio donde vivir.

Nos contagió su entusiasmo y felicidad; Anne y yo no pudimos más que darle las llaves de nuestra casa.

—Sol, ¿desde cuándo India soñaba con venirse a estudiar a Europa?

—Ya lo sabes, desde bien pequeña, ¿qué me vas a decir? Pues, que lo que crees lo creas. Claro que sí, es el arte de manifestar, ahora ya conozco ese principio, gracias Ser Superior.

«Recuerda que lo que crees en la mente, lo creas en el
mundo real, así funciona el arte de manifestar»
Ley de la atracción

Y ya solo faltaba Martina para cerrar este círculo de
cuatro. A esta argentina, con antepasados chamánicos, tiene
bien definida su misión en la vida: ayudar a los demás en su
despertar espiritual.

Nos la presentó India, ya que ellas dos eran compañeras
de clase, y quién dice presentar dice que nos encontramos en
pijama en el pasillo de casa con el ojo pegado, el pelo
revuelto y una necesidad imperiosa de bebernos un café.

—Hola, soy Martina, amiga de India. Tú debes de ser
Sol… Perdona que rebusqué en vuestra cocina, pero estoy
tratando de prepararme un café. Anoche se nos hizo tarde y
me dio pereza subir hasta mi casa, así que India me invitó a
dormir en vuestro sofá.

—Perfecto, espero que hayas descansado, me apunto a
ese café, que sean dos tazas, y después podemos preparar el
desayuno para cuando se levanten las chicas, ¿te parece?

Las cosas importantes, las que son naturales, las que
perduran, las que se adaptan, y se ajustan a los años, a la
distancia física, a las idas y venidas de la vida son sencillas,
fáciles, fluyen, son tuyas por derecho.

Y así fue cómo nació nuestra amistad, simple y
naturalmente, fortalecida en cada encuentro, en cada viaje,
en cada aventura, con las risas y también con los llantos;

mil veces puesta a prueba y reforzada con cada consejo, con cada historia compartida. Un círculo inquebrantable de amor con muchas ramificaciones, creciendo exponencialmente con nuevas amistades o parejas, más pasajeras o duraderas, pero en cuyo núcleo siempre estaremos nosotras.

Y cómo tantas otras veces en todos esos años, acudía a ellas, a mis chicas. Con ellas había aprendido a abrirme en canal, a exponer lo bueno y también lo malo.

Les mandé un audio, casi un *podcast,* les explicaba cómo me sentía, lo que estaba pasando en mi vida. Ya sólo el hecho de compartirlo era liberador… Pruébalo, saca fuera aquello que te atormenta, compártelo y luego sigue jugando; todo está unido, todo tiene conexión.

«La comunicación es clave en cualquier tipo de relación,
y las emociones forman parte de nuestra vida, por lo
que no debemos reprimirlas»

Mis chicas -puro amor- me consolaron con palabras de ánimo y me ofrecieron todo su apoyo. Pero, además, Anne me envió un texto de esos que circulan por internet sobre *la importancia de abrazar nuestro propósito vital.*

Me quedé enganchada en ese escrito, me vi muy reflejada. En definitiva, la autora hacía una reflexión sobre cómo cada uno tiene que andar su propio camino, que te llevará a la mejor versión de ti mismo.

Si esta historia sucediera hace cinco siglos atrás, sería mi mensaje en una botella lanzada al mar.

Lo leí varias veces y me fui a dormir. Pero me sentía igual que cuándo algo te queda rondando por la cabeza y no adivinas por qué... Ahora sé más cosas que antes y es que ese texto había llegado a mis manos para señalarme un sendero a recorrer; había llegado con la suficiente fuerza como para que no me rindiese a la primera de cambio

CAPÍTULO 3. Ir siempre un pasito más allá.

Estoy a un clic de comprar el billete de avión y acudir al compromiso que asumí con Hamid. A tres días de volver… lo pienso y se me ponen de punta todos los pelos de mi cuerpo, un escalofrío me recorre de arriba abajo. ¿Qué hay en Marruecos que me llama a gritos?

Lo sé, quiero ir, lo siento en cada célula de mi cuerpo… Volver a escuchar la llamada a la oración desde cada mezquita de la ciudad, oler a especias y cuero por cada rincón del zoco, vibrar con los tambores y las castañuelas metálicas en forma de ocho de la música *gnawa*[2]; en definitiva, volver a ver los átomos bailar en la quietud del desierto.

Pero y ¿Hamid? ¿En serio se va a casar?, creo que en el fondo siempre lo supe. El desierto es su hogar, su lugar en el mundo, y yo, qué aún le quiero y le querré siempre, le deseo lo mejor. Y por eso sé que, el hecho de que haya encontrado a una buena mujer musulmana, con quien ser feliz y tener muchos hijos de inmensos ojos miel igual que su padre, es su bendición.

---

[2] **Nota de la autora:** Gnawa – Marruecos - un rico repertorio marroquí de antiguas canciones y ritmos religiosos espirituales islámicos africanos

Clic, su compra ha sido realizada, me indicó el mensaje de pantalla.

—Ya no hay vuelta atrás, en 72 horas volveré a desembarcar en el aeropuerto de Marrakech—Menara.

—Sol, ¿cómo te sientes?

—Estoy feliz, ¿es posible? pero a la vez siento… ¿miedo?

Es miedo lo que siento, si dejo que mi cabeza se dispare sola y empiece a suponer o imaginar lo que podría pasar. Volver a ver a Hamid, remover el pasado, quedarme enganchada de un espejismo…

—¡Sol, para…! Esto ya lo hemos hablado muchas veces, se trata de vivir el momento presente, de no anticipar, de no suponer. ¿Tú no dices que fluyes con la vida?, pues fluye, gestiona las situaciones según vayan apareciendo; no le des ese poder a tu cabeza, átala en corto… —mi Ser Superior era implacable conmigo a veces— ¿Cómo me has dicho que te sientes ahora, justo después de comprar el billete de avión?

—Feliz, me siento feliz.

—¿Y qué hacen las personas felices cuando han tomado una decisión que les hace sentir así de bien?

—Lo celebran, sí, Ser Superior, lo celebran, venga, celebra conmigo, bailemos y cantemos mi canción.

¡Hazlo! Como si ya no te jugaras nada
Como si fueras a morir mañana
Aunque lo veas demasiado lejos ¡oh, oh!
¡Hazlo! Como si no supieras que se acaba
Como si fueras a morir mañana…[3]

—Guau, qué bien sienta, gracias por recordármelo.

---

[3] *"Como si fueras a morir mañana"* – Leiva - Nuclear (2019) - Fragmento.

—Sol, me decías antes que también sentías miedo, ¿qué es el miedo para ti?

—Yo sé que el miedo es una emoción primaria inherente al ser humano y que, de hecho, su misión es mantenernos a salvo, protegernos de lo desconocido y de los peligros que acechan ahí fuera. Pero la realidad es que los miedos también paralizan, nos impiden salir de nuestra zona de confort y, de esa manera, aunque no nos expongamos, tampoco avanzamos, ni crecemos; ni damos oportunidad a la vida a que ocurra la magia, porque ella siempre está afuera de nuestra zona de confort, ¿correcto?

«Todas las personas sentimos miedo antes o después, y
lo que suele marcar la diferencia, es la forma en
que se afronta»

Mando un mensaje a Hamid con el localizador de avión, me contesta:

—*I Will be waiting for you, as always.*[4] —y el emoticono de unicornio.

Sonrío, hay códigos tan nuestros, tan íntimos, tan simples, que no necesitas más palabras; con ese emoticono me transmite que él se ocupará de todo y yo sé que va a ser así. ¡Cuánto he aprendido!... me doy cuenta ahora y aprovecho para felicitarme internamente.

Ni en pedo, como diría Martina, la Sol de hace años sería

---

[4] **Traducción al español:** —*Estaré esperando por ti, como siempre.*

capaz de cogerse un avión a ningún sitio sin tener cien por ciento planificado todo: ¿dónde voy a dormir?, ¿cómo va a ser el hotel?, ¿habrá escaleras, ascensor, ducha, bañera?; ¿podré entrar por la puerta?, qué pensarán si no aviso de que voy en silla; ¿y qué voy a hacer allí? qué sitios tengo que visitar, dónde están, qué distancia hay; ¿y el clima? ¿lloverá, hará calor…?

¡Pufff! La Sol de antes era agotadora: planificar, calcular, medir… En definitiva, controlar.

Pero ser tan controladora gasta mucha energía y, además, si lo llevas todo planeado no dejas espacio para ver las señales. Sin embargo, si confías y fluyes, el Universo por completo conspira para que todo se acomode de la mejor manera posible.

Y cuando esto no pasa, pero no te rindes a tu suerte, siempre vas a encontrar alguna resistencia interna que te haya impedido alcanzar lo que deseabas o simplemente obtendrás una enseñanza mayor. Pero recuerda, en la búsqueda está el aprendizaje.

Ahora ya tengo práctica en aprender rápido, antes no la tenía, y claro, muchas veces no espabilamos por las buenas; por el contrario, la vida se tiene que poner algo complicada para que te des cuenta de lo que va el tema.

«El control nace del miedo, la confianza procede del amor»

Esta lección de soltar el miedo, confiar y aprender a fluir con la vida, no es algo que yo haya interiorizado de un día para otro, pero sí es cierto que, como todo en este plano, no solo vale con la teoría; llega el día en que toca la prueba de ponerlo en práctica.

Mi prueba de fuego fue en un viaje por Argentina; llevaba años deseando conocer ese maravilloso país, ¿con quién mejor que con Martina? Me invitó a pasar unas Navidades diferentes, con su familia y en bañador. Adiós creencia limitante de que las Navidades son blancas y con nieve. El mundo es grande y nada nos pertenece por derecho, las Navidades también se viven y se celebran el hemisferio sur.

Martina, cada año se tomaba un mes de vacaciones para volver a casa y estar con los suyos. Era una mezcla de vacaciones y trabajo, ya que aprovechaba también, esos días, para realizar sesiones y cursos en su país. De modo que nuestro acuerdo fue, que pasaríamos las fiestas juntas con su familia, y luego yo podía decidir si quedarme con ella o viajar por el país. Lamentablemente, Martina no podría acompañarme porque tenía trabajo.

¿Qué hice? Cogí todo mi miedo, que era mucho y grande, y lo minimicé al máximo. Luego pensé en todos aquellos lugares maravillosos que estaban tan cerca y, a la vez, tan lejos, los iluminé con la ilusión de conocerlos, de vivirlos, de respirarlos: las Cataratas de Iguazú, el Glaciar Perito Moreno, los museos de Salta, las Salinas de Purmamarca… Respiré profundo… Me fui con una mochila, mi silla de ruedas, un móvil de emergencia que me dejó la hermana de Martina y el firme propósito de reencontrarnos, quince días más tarde, en Capilla del Monte para pasar los últimos días del viaje juntas.

¡Adiós miedo…! ¡Hola *salto cuántico*!

Gracias a ese viaje viví otra de las grandes experiencias de mi vida, aprendí a fluir y confiar… ¿En quién? En Dios, en el Universo, o quizás en ti Ser Superior. Creo que fue en Argentina donde empecé a escucharte con más claridad y a incorporarte en mi vida. Sé que siempre has estado aquí, a mi lado, pero no siempre te he sentido tan presente y real como desde entonces: —Gracias, amigo.

Pero, sobre todo, derribé otra creencia limitante, que había tenido que escuchar antes de emprender este viaje: ¿cómo vas a viajar tú sola, siendo mujer y en silla de ruedas por el mundo? No puedes, es peligroso.

—Sí, sí puedo… Puedo porque es lo que quiero hacer, porque lo deseo, porque es un anhelo de mi alma, porque me hace feliz y porque no me voy a rendir por algo que, de momento, no está en mi mano cambiar: soy mujer y voy en silla de ruedas.

«Tan pronto como despiertes el poder que tienes, comenzarás a flexionar los músculos de tu coraje. Entonces puedes soñar con valentía: dejar de lado tus creencias limitantes y superar tus miedos. Puedes comenzar a crear un sueño verdaderamente original que germine en tu alma y dé fruto en tu vida»
Alberto Villoldo

La vida me volvía a poner en una casilla de incertidumbre. Estaba completamente desorientada sobre con qué me iba a encontrar en Marruecos. No alcanzaba a imaginar cuál iba a ser en esta ocasión el aprendizaje, pero estaba firmemente dispuesta a descubrirlo.

CAPÍTULO 4. Girando la rueda

Algunos años después de ese primer viaje en solitario, estaba a punto de emprender otro igual de potente y apasionante.

Había leído el texto que me envió Anne sobre la importancia de abrazar nuestro propósito vital. A la mañana siguiente, seguía dándole vueltas en mi cabeza, por eso mi primer impulso nada más levantarme fue leerlo otra vez. En este caso me quedé mirando el nombre de la autora: ¿quién sería esa mujer que había sabido despertar tantas inquietudes en mí, con tan pocas líneas?

Ananda García, la busqué por internet, esto ya era imparable. La magia estaba empezando a cobrar fuerza y la encontré.

Una mujer joven de Cádiz, terapeuta de Reiki, masajes tántricos; también organizadora de viajes espirituales y, lo que más me llamó la atención, planificaba, por primera vez, una cuarentena en el desierto del Sahara.

¡Una cuarentena!, ¿cómo en la Biblia?,¿qué era aquello?, ¿en un desierto? Empecé a sudar, a ponerme nerviosa, necesitaba saber, quería saber más.

Sentía una fuerza más fuerte que yo diciéndome que ese era mi camino. No lo puedo explicar con palabras, es como si se hubiesen alineado los astros y yo lo supiese.

Me paré 20 segundos a sentirlo, a concienciarme de que eso que sentía era real; sabía que, en 3… 2… 1… iba a entrar en acción mi cerebro boicoteador con frases como: *Sol, estás loca; pero ¿qué estás pensando?; ¿cómo vas a ir tú al desierto?; ¿40 días?; eso es una secta, seguramente; ¿sin conocer a nadie?; estará lleno de chiflados…*

Ya ves, por mucho entrenamiento que tengas, el cerebro siempre, siempre, está ahí, y está bien, esa es su función: lo importante es que tú estés consciente y sepas cuándo y cómo pararlo.

«Quiero ir, es mi determinación, me da igual todo, si es para mí será fácil, estoy segura», me dije.

Seguí averiguando… El viaje empezaba el 8 de enero, y estábamos a 23 de diciembre, pero ¿en el desierto?, ¿en Marruecos?

No había mucha más información… Era un retiro, un viaje hacia el interior, sin móvil, sin cobertura, sin televisión. Un lugar recóndito dónde se paraba el ruido para que, desde el silencio, pudiésemos deshacer y destruir todos los *constructors*[5] que arrastrábamos desde que habíamos nacido; todas las etiquetas que cada uno de nosotros acarreamos sin darnos cuenta. Y solo partiendo de esa ligereza, empezaríamos a construir lo que éramos ahora, lo que queríamos ser y hacía dónde queríamos ir.

---

[5] **Nota de la autora:** Se refiere al conjunto de creencias, hábitos y emociones que tenemos grabados en el inconsciente.

Le escribí una carta, una bonita carta, contándole quién era, cómo me sentía y porqué quería ir a ese retiro. Solo en las últimas líneas les conté mi verdad, en realidad mi situación, ya sabéis, lo de la silla de ruedas. Quizá, hubiese sido más fácil poner soy minusválida, o parapléjica, pero es que no es cierto. Yo no soy nada de eso, porque yo no me siento así y, por lo tanto, no me gusta expresarme en esos términos… Esto también lo he aprendido con los años de vida y de experiencias. Proyectas tal y cómo te sientes y yo realmente me siento muy libre, para nada soy *minus* de nada; así que sí: voy en una silla de ruedas, pero tampoco es tan grave… Si para mí no suponía un problema para ir al desierto, no estaba dispuesta a que para otros fuese justificación suficiente para rechazar mi participación en el viaje.

Mandé el *mail* y sentí, en lo más profundo de mi alma, que me encontraba en el camino cierto. Sólo me quedaba esperar una respuesta afirmativa para empezar a organizarme y hacer las maletas. Tenía una sensación como de miedo contenido…

No quise compartir mis planes con nadie; me dediqué a buscar información por internet sobre el Sahara y Marruecos, y a visualizarme allí.

¡Qué poderosa es la fuerza de la visualización! Y quién iba a decirme, en esos días de incertidumbre, que estaba generando en mí una conexión tan profunda con el desierto que se convertiría en uno de mis lugares favoritos del mundo.

«Lo que somos hoy, proviene de nuestros pensamientos de ayer, y nuestros pensamientos actuales construyen nuestra vida de mañana: Nuestra vida es la creación de nuestra mente»

BUDA

Tuve que esperar tres largos días en los que, una y otra vez, acudía a mi buzón de correo esperando la ansiada respuesta y por fin, allí estaba.

Me escribía Tina, en nombre de Ananda. Ella era la chica encargada de coordinar los detalles, me decía que era bienvenida a la cuarentena y que habían verificado con el hotel una habitación sin escaleras —esa había sido mi única petición— y que, por ellas, no había problemas.

¡Ahora sí…! Me llené de alegría: quería saltar, correr, gritar, estaba sobreexcitada.

No había vuelta atrás: me iba 40 días al desierto.

Sabía bien poco, solo lo que había podido averiguar por internet del hotel, que se convertiría muy pronto en nuestro hogar, una *kasbah*[6] de adobe en medio de las dunas.

Tina también me mandaba instrucciones sobre qué vuelos

---

[6] **Nota de Autor:** *Kasbah* - En Marruecos, edificios de planta generalmente cuadrada, con muros altos y torres en las esquinas. Construcciones típicas del casco antiguo de las ciudades marroquíes que, a modo de espacios fortificados, servían para refugio contra el ataque de intrusos, así como de tormentas de arena o el exceso de frío. Originariamente se construían de adobe y tierra; actualmente, aunque son de ladrillo están recubiertos con adobe para ser fieles a su estética original

comprar. Nos reuniríamos todos los participantes en el aeropuerto de Casablanca para, desde allí, tomar un vuelo muy pequeño a la localidad de Er—Rachidia, prácticamente a 30 minutos del desierto, dónde nos recogería un autobús hasta nuestro nuevo hogar por los próximos 40 días.

Habían pasado los días críticos de Navidad y Noche Buena y por primera vez en muchos años me había sentido tranquila y relajada.

En vez de cenar con toda la familia completa, como lo hacía tradicionalmente, sólo había estado con mi madre, mi hermana, su marido e hijos y con mi hermano que había venido desde Nueva York.

Y ahora tenía tiempo para reflexionar sobre todo lo acontecido. Cómo una determinación firme, había desencadenado toda esta serie de acontecimientos. Yo había decidido romper con aquello que me estaba lastimando, que me robaba energía y que no me dejaba avanzar hacia adelante.

Mágicamente, en cuanto me permití tomar esa decisión desde mi libertad, y anteponiendo mi bienestar a los posibles enfados, en definitiva, siendo coherente con mi sentir se había abierto una nueva puerta en mi horizonte que me invitaba a descubrir nuevas realidades.

A veces, para ser feliz hay que atreverse a disgustar a la gente.

Vivir expuesta, con solo la piel y el viento en tu cuerpo, saltar por encima de las adversidades y aventurarse a vivir así, sin equipaje, sin identidad.

«Ser coherente es alinear lo que piensas y sientes con
lo que dices y lo que haces»

Llamé a mis chicas. Tenía que compartir con ellas esta nueva aventura y, sobre todo, darles las gracias… Una vez más y sin saberlo, me habían ayudado a avanzar otra casilla en el tablero del juego de la vida.

Anne me dijo:

—Pero ¿qué texto?, ¿en serio te lo envié yo?... ¡Sí, claro! Una de tantas cosas que nos reenviamos por WhatsApp y a la que quizás no presté mucha atención, pero me alegro de haberlo hecho. Eso que me cuentas me pone los pelos de punta, era para ti, eso es así.

Obvio que Martina nos iba a salir con las señales.

¡Es una señal Sol! Está clarísimo que tienes que ir a esa cuarentena, ¿te acuerdas el mes pasado cuándo viniste a pasar el puente a Barcelona? Cuando fuimos a tomar mate con Sebastián, mi maestro de cábala, estuvimos un rato largo hablando sobre el valor de las cuarentenas en la historia, la cuarentena cuando la peste negra, los 40 años que erraron los israelitas por el desierto antes de alcanzar la Tierra Prometida, incluso la importancia de los 40 días de recuperación del cuerpo de la mujer tras dar a luz… —ella tenía todos los argumentos y enfatizó:

—Sol, creo que va a ser una gran oportunidad para ti poder ir y disfrutar de esa cuarentena en este momento de tu vida… todas las señales te llevan a ello.

—Sol, eres una valiente —me repite, una y otra vez, India—. No se te pone nada por delante… ¡Claro que sí! Vete, porque luego cuando vuelvas nos lo tienes que contar todo. Admiro tu libertad, adoro a mis chiquilicuatres y a mi chico, pero a veces me das tanta envidia, eres tan libre de ir y venir y no tener que dar explicaciones a nadie… Quiero permiso para contárselo a mis papás, sabes que ellos te admiran y te quieren a partes iguales. Disfrutaron muchísimo contigo cuando estuviste recorriendo México y compartisteis juntos esos días visitando las pirámides de Teotihuacan, el museo de Historia, las trajineras de Xochimilco y bebiendo micheladas con tacos en tantos puestitos del D.F.

Sus palabras, me hicieron pensar: todas tenían razón y yo era tan afortuna de tenerlas en mi vida, ni un *pero…*, ni un *estás loca*, ni un *ten cuidado….* ¡Qué va!

Todo lo contrario: ve y disfruta.

Lo que estaba sucediendo esos días era que me permitía vibrar en la misma frecuencia que mis anhelos más profundos y, de esta manera, estaba influyendo directamente en el *campo cuántico universal*. Le enviaba señal clara, y, por resonancia, empezaría a vivir eventos y a conocer personas que estarían alineados con mi propia frecuencia.

«Al final sólo nos arrepentimos de las oportunidades que *no* tomamos»

No iba a ser tan fácil con mi madre y con mi entorno más cercano. Ahora sí iba a tocarme escuchar todo lo que paraliza, pero estaba decidida. Nada de lo que dijesen me haría cambiar de idea, no pensaba permitir que el miedo entrase en mí e hiciera que reconsiderara mi decisión.

Mi madre ya me conocía; sabía que era inútil malgastar energía en hacerme desistir de mi propósito. Vio la determinación en mis ojos y supo que iría al desierto a vivir esa cuarentena. Solo me preguntó si conocía a alguien y qué haría tanto tiempo allí.

—No lo sé muy bien mamá, pero se trata de desconectarte del sistema y a la vez aprender sobre una nueva terapia alternativa… Bueno alternativa, así las clasifican, pero es cómo medicina holística, energética, con mucha base de física cuántica, ya sabes, lo de todos somos uno y la teoría de la relatividad espacio—tiempo.

Ella puso los ojos en blanco, prefería no saber, su única consigna fue:

—Cuídate y llámanos de vez en cuando.

—Claro mamá, ¿me llevas al aeropuerto?

CAPÍTULO 5. Sincronicidades y causalidades

Una vez más me encontraba haciendo cola en el mostrador de la compañía *low cost* por excelencia de la Terminal 1, en el Aeropuerto de Barajas.

Ya por experiencia, me dediqué a hacer un rápido radar de mis compañeros de vuelo. En otras ocasiones me habían puesto pegas por volar sin acompañante, siendo una persona que necesitaba asistencia para subir al avión; asistencia que, dicho sea de paso, te proporciona *Aena*[7] desde el Aeropuerto. Este servicio no depende de la compañía con la cual vueles, pero esta aerolínea, en particular, se empeñaba en no dejarme embarcar sola.

La primera vez que me pasó, supuso un disgusto que casi me deja en tierra, pero cómo dice la sabiduría popular: *hecha la ley, hecha la trampa*.

Le pedí a la persona que estaba detrás de mí en la fila si

---

[7] **Nota de la autora:** Aena, SME S. A. es una empresa pública española que gestiona los aeropuertos de interés general para España. La sociedad, que es propiedad al 51% del ente público empresarial ENAIRE, opera 45 aeropuertos y 2 helipuertos en España y participa a través de su filial «Aena Internacional», en la gestión de 15 aeropuertos en Europa y América, lo que le convierte en el primer operador aeroportuario del mundo por número de pasajeros.

podía decir que viajábamos juntos, y así, sin problema pude acceder al avión; además de conocer a una magnífica persona y compañera de vuelo.

Creo firmemente que siempre hay una solución para un contratiempo y, cuando más te entrenas en enfocarte en ella, antes la encuentras. Además, esta actitud te da una sensación de poder y te posiciona en el papel de ganador, en lugar de hacerlo en el de víctima.

En esas estaba, decidiendo quién sería mi acompañante en esta ocasión, cuando la vi llegar arrastrando su inconfundible maleta de imitación de leopardo. Toda ella, tan grande y llena de luz. Nuestras miradas se cruzaron y Carolina corrió a abrazarme, a espachurrarme entre sus brazos.

—¿Qué haces aquí? Sol, no es casualidad, seguro que no, qué fuerte…

—¡Carolina, cuánto tiempo! No me lo puedo creer, sigues viendo a Alí, ¿a qué sí?

—Sí, ¿y tú? ¿vuelves a verte con Hamid? ¡Lo sabía!, por mucho que tú me repitieses que lo vuestro se había acabado, yo sabía que volveríais… ¡Pero si juntos os multiplicáis!

—Bueno… A ver… No es lo que crees, me extraña que no te hayas enterado por Alí. Hamid se va a casar, me llamó el otro día y me pidió que fuese una última vez, que quería verme. Todo esto es un poco locura, lo sé Carol, pero no supe decirle que no… Creo por lo menos nos debemos una conversación.

—Oye, qué oportuna, me toca facturar y ya sabes, viajamos juntas, ¿verdad?

Parece que la aventura empezaba súper alineada. Carolina

no podía haber aparecido en mejor momento, además le agradecía que estuviese a mi lado. Yo, aunque no lo quisiera manifestar, estaba nerviosa y, nosotras ya habíamos viajado juntas otras veces.

Había conocido a Carolina en la cuarentena del Sahara, otra *loquita de la vida*, siempre en búsqueda, siempre atenta y presta a aprender y evolucionar. Ella había tenido su propio camino de subidas y bajadas que le llevaron al mismo punto que a mí: nuestro amado desierto. Y aunque yo aún no os he contado cómo y cuándo conocí a Hamid, los más listos ya intuiréis que tiene mucho que ver con esa cuarentena, y así es, pero no me voy a adelantar porque una bonita historia de amor merece su tiempo y su espacio.

—Carol, cómo me alegro de verte, en serio… No nos veíamos desde que volvimos de Egipto, ¿verdad?

—Sí, hemos hablado por teléfono, pero vernos, casi seguro que la última vez fue aquí mismo, despidiéndonos en el aeropuerto.

—Ya ves, la vida. A veces siento, que somos títeres de un gran teatro; es curioso, las causalidades y sincronicidades que nos pasan ¿a qué sí?

Carolina es una enamorada de los viajes de descubrimiento, cómo yo. Quizás por eso también congeniamos pronto; en concreto, es una apasionada de Egipto, su cultura y sus misterioso. Tantas y tantas veces la escuché hablar sobre las Pirámides, Abu Simbel, el Templo de Luxor, que un día le dije:

—No me lo cuentes más, quiero ir a conocerlo, ¿te vienes conmigo?

Y así fue que Carol contactó con un amigo qué aún conservaba allí, primo del dueño de una agencia. Él nos organizó una ruta siguiendo los siete chakras energéticos de Egipto.

Un viaje fuera de lo convencional, pero tan intenso y apasionante que era difícil resistirte a vivir y caminar por tierras que antaño recorrieron los esenios, Moisés o el mismo Jesús de Nazaret.

No fuimos solas, ya que en cuanto lo compartí con dos amigas de siempre se unieron al plan, así como amigos de mis amigas, en total montamos un grupo de once personas.

Dado que Egipto aún estaba medio cerrado al turismo por atentados recientes, tuvimos que hacer el viaje con un guía certificado para que nos dejasen movernos libremente. Bendito momento, porque por otra carambola del destino, Said llegó a nuestras vidas.

Él que no solía llevar grupos de turistas, pero tenía una vida emocionante, era un erudito de su país y su cultura. Había escrito varios libros y fue el encargado de formar y llevar a grupos de la NASA para que estudiasen la astrología en el templo de Osiris en Abydos; incluso mi amiga Carmen tenía la rocambolesca teoría de que había sido espía de Egipto en Estados Unidos.

En Egipto aprendí a colocarme, en su justa medida, en el mundo; a tomar consciencia de que somos una gota de agua en el océano; a que todo es relativo, que nosotros pasaremos y que el mundo seguirá girando.

En definitiva, a minimizar mi ego y dejarlo ahí cuál ofrenda a las pirámides y a sus 4500 años de existencia.

«El ego no es más que el foco de la
atención consciente»
Alan Watts

Fue en el templo de Luxor, que para los egipcios era el templo de la ascensión de la consciencia, dónde tuvo lugar una de las sincronicidades más increíbles que he vivido.

Said nos estaba contando, que en Luxor era dónde se medía la pureza de las almas que dejaban el cuerpo físico. La persona que moría tenía que pasar por el juicio de Osiris, que consistía en colocar en uno de los platillos de una balanza el corazón del fallecido: representaba su conciencia y su moralidad y en el otro, una pluma en representación de la verdad y la justicia universal. Si al final del juicio, el corazón pesaba menos que la pluma, el difunto podía reunirse con su cuerpo momificado y pasar al paraíso egipcio.

En ese enclave grandioso estábamos cuando Carol le preguntó a Said sobre una pequeña construcción que, según sabía, se encuentra dentro del recinto del templo pero que no está en los circuitos turísticos.

Ella había leído sobre ese lugar. Y por supuesto Said sabía perfectamente de qué le estaba hablando, su sonrisa pícara lo delataba.

El gran maestro, enamorado de Egipto que llevaba dentro, no pudo dejar pasar la oportunidad de regalarnos esa experiencia. Poder percibir con todos nuestros sentidos lo que solo estaba al alcance de unos pocos privilegiados.

Y no digo ver, porque solo con los ojos se nos escaparían muchos matices.

Atravesamos todo un sendero de gigantescas columnas, que miles de años después de ser levantadas seguían en pie, empequeñeciendo nuestro caminar a su lado y nos adentramos en un sendero de tierra, alejado del resto de turistas. Said se paró a hablar con uno de los vigilantes de seguridad quien le dio una llave grande y herrumbrosa.

Al fondo del sendero una pequeña casita, que por fuera parecía nada en comparación con la majestuosidad del templo.

Said abrió la Puerta y nos invitó a pasar de uno en uno. Únicamente en su interior había una figura. La figura de la diosa Sekhmet, con cuerpo de mujer y cabeza de Leona, coronada por el disco solar. Considerada la diosa del amor por la mitología egipcia, pues provocaba pasiones y, a su vez, diosa de la curación.

Lo cierto es que, en el rato que permanecí allí, frente a frente con la diosa, sentí todo el poder y la fuerza que las mujeres podemos ejercer cuando es necesario. Allí honré en silencio todo lo que esa figura de piedra representaba en la historia y me empoderé como la mujer valiente y afortunada que era.

Salí medio mareada de allí; me alejé un poco para relajarme y hacer una serie de respiraciones que me ayudasen a calmar mi cuerpo.

Vi una piedra grande y plana sobre la que me disponía a sentarme para realizar ese pequeño ritual, cuando algo llamó mi atención en el suelo. Me agaché a recogerlo, era un libro, pero no un libro cualquiera. Yo había leído ese libro ¡dos veces! porque me atrapó, justo antes de iniciar ese viaje.

Iniciación, de Elisabeth Haich: cuenta su propia historia de rememoración de una vida pasada en el antiguo Egipto, un despertar a su camino espiritual. Y estaba allí, esperándome... ¿era casualidad? No lo creo, hace tiempo que dejé de llamarlo así.

—Sol, las sincronicidades o causalidades también son señales que suelen llevar un mensaje para el que las recibe. Abre el libro.

—Voy, Ser Superior, hacía tiempo que no me decías nada, pensaba que Egipto no era de tu agrado.

—Egipto es tan grande y potentes sus enseñanzas, que hasta a mí, me deja sin habla muchas veces.

—Cierto, cuesta asimilar tantas cosas. Voy a abrir el libro… *Germán Rivero - San Miguel de Allende, México*

Al principio pensé que un mexicano despistado se había dejado allí ese libro. Uno que yo había leído, disfrutado y recomendado mucho y que, además, era de un pueblito precioso de México que había tenido la suerte de conocer. Pero es que, al volver a leer el nombre, algo hizo clic en mi cerebro. Germán Prieto, ¡no podía ser! ¡o sí!

Yo conocía a Germán, fuimos compañeros de la cuarentena del desierto… ¡Claro que sí! Él era de San Miguel de Allende. ¡Mi queridísimo Germán, allí en Egipto!

Hacía tiempo que habíamos perdido el contacto, pero habíamos sintonizado muy bien durante la cuarentena. Muchas veces nos habíamos buscado para trabajar juntos y experimentar o simplemente charlar sobre su país y las historias de los chamanes mexicanos que a los dos tanto nos fascinaban.

Me guardé el libro en la mochila y me fui a reunir con el grupo otra vez, me podían las ganas de contarle a Carol lo que me había pasado.

Pero lo mejor estaba por llegar; aquella noche, desde el barco escribí un mensaje a Germán, quería saber si no estaba muy lejos y si podíamos vernos para devolverle el libro y reencontrarnos.

No diré ¡qué casualidades de la vida!, pero lo cierto es que Germán estaba dos barcos más allá del nuestro. También se había unido a un grupo de *buscadores* que estaban recorriendo Egipto y sus misterios.

Estuvimos bebiendo té y charlando un montón de tiempo; poniéndonos al día de nuestras vidas en estos años trascurridos.

Cuando saqué el libro para devolvérselo, me dijo que, aunque no pensaba hacerlo, debía sincerarse conmigo; él también veía, de una manera clarísima, que aquello era una señal de que así debía ser.

—Sol, tú nunca me dejaste indiferente, cuando te conocí me sentí super atraído por ti, y en ocasiones llegué a sentir que podía ser correspondido. Pero el hecho de que yo estuviese allí con mi mujer sabía que te frenaba. Pero no a mí, ya que nuestra relación era abierta y consensuada como tal. ¿Y sabes qué? Me sigues encantando y quiero que te quedes esta noche conmigo.

—Germán, me siento super halagada, y tienes razón, yo también sentí muchas veces esa fuerte atracción por ti. Y sí, si me contuve fue porque estabas con tu mujer. No sabía que vuestra relación era abierta, y tú ya sabes que, para mí, ese es un límite que yo elijo no traspasar… Ojalá nos hubiésemos sincerado entonces, lo habríamos pasado bien…

—Muy bien, creo yo… Sol, quédate por favor.

—Germán, estoy enamorada, muy enamorada de hecho, Hamid me espera en Marruecos y yo estoy deseando verle. Pero te prometo que toda esta historia la guardaré cuál tesoro.

«Solo amando los procesos podemos salir de ellos, pues significa que los hemos honrado en el aprendizaje»
Matías De Estéfano

—Sol, te has ido… ¿dónde estabas?

—Recordando Egipto, qué gran país, ¿por qué será que tengo ganas de volver? Su cultura, sus misterios, su gente, su luz, los olores, los aprendizajes…

—Jajaja, hasta siete veces he ido ya, y todas son diferentes, un poco lo mismo que nos ha pasado con Marruecos… De allí, también llevamos unos cuantos sellos en el pasaporte.

—Pues sí, estoy nerviosa Carol, no sé cómo voy a reaccionar cuando vea a Hamid, y cuándo me presente a su futura mujer… Tampoco sé para qué quiere verme. ¿Te acuerdas cuándo lo conocí? ¿Y cuándo nos conocimos nosotras?

«Necesitamos más luz el uno del otro. La luz crea comprensión, la comprensión crea amor, el amor crea paciencia y la paciencia crea unidad»

Malcom X

CAPÍTULO 6. El mundo mágico del desierto.

Y allí estaba yo, con una maleta para 40 días, una mochila de mano y un buen cargamento de nervios, pues una cosa es que yo tire para adelante con lo que sea, y otra luego es verte allí.

Me encontré con Tina, la única persona con la que había mantenido contacto y, por lo tanto, mi punto de referencia. Casi me da algo cuando me dijo que ella no vendría al desierto. Ella solo estaba haciendo las labores de coordinación, pero que no me preocupara, que todo saldría bien. Había un grupo grande que ya había salido en el vuelo anterior; que cuando llegase a Casablanca fuera al punto de encuentro, allí llegarían participantes de diferentes puntos de España y también de México, Chile, Uruguay e incluso EE. UU. Y que Ananda nos recibirá en la *kasbah*.

Para mí, los aeropuertos siempre han sido un lugar divertido, me encanta observar a la gente e inventarme sus historias: ¿a dónde irán?, ¿por qué?, ¿con quién?, esas cositas… pero en este caso el juego subía de nivel. Yo sabía que en mi fila de embarque había personas con las que iba a compartir los próximos 40 días, y buscaba pistas que me ayudasen a adivinar quiénes eran.

Jugaba con ventaja, mi disfraz de chica en silla de ruedas seguro me sacaba de las quinielas de mis *compis* que también estarían expectantes al encuentro.

Días atrás, cuando se había cerrado el grupo definitivo de participantes, Tina había creado un grupo de WhatsApp entre todos… Saqué mi móvil y descubrí que María, una chica alta y guapa de Madrid; Isabel y Berta, dos chilenas que rondaban los 60, estaban ahí conmigo, pero no tenía fotos, así que me la jugué… Falda hippie, pendientes enormes, un poncho y una guitarra, era de manual.

—Hola, ¿eres María?,

—¡Sí! ¿Y tú?

—Sol… ¡Ay qué bueno!... Estoy super nerviosa, vaya aventura

—Y tanto…

—Oye ¿nos sentamos juntas? —le propuse enseguida.

—Claro, seguro que este chico súper amable te cambia el sitio —y así lo hizo el muchacho…

—Mira, creo que allí al fondo están las chilenas, luego las saludamos.

Me vino genial este primer encuentro con María, me contó que había hecho un par de cursos de fin de semana con Ananda; que ya la conocía, que había practicado parte de sus enseñanzas y que estaba encantada con los resultados, por eso no lo pensó dos veces cuando Ananda creó la oportunidad de la cuarentena.

María me contaba de cómo había llegado hasta este viaje. Ella ahora tenía resuelta la parte económica porque alquilaba para los turistas un pequeño piso que había heredado de su padre, en pleno centro de Madrid, y eso le dejaba mucho tiempo para dedicarse a ella, a su formación y a sus terapias. Era maestra de yoga y también conocía y practicaba un puñado de terapias alternativas, pero que ahora estaba fascinada con las enseñanzas de Ananda.

No le quise preguntar más, prefería vivir intensamente mi papel de recién llegada cuando tocase saber de qué iba todo eso, pero me fijé que María constantemente se tocaba la muñeca con el dedo pulgar, como queriendo escuchar algo.

Descendimos del avión y pudimos saludar a Berta e Isabel, ¡qué mujeres! Llegaban de un vuelo desde Chile con escala en Madrid y luego a Casablanca, pero no sé en qué momento del viaje tuvieron problemas con las maletas y andaban cómo locas preguntando si estaban facturadas o no.

Nos pidieron ayuda porque no hablaban inglés ni francés, nos llevó un rato aclararlo y, ya por fin, nos dirigimos al punto de encuentro en el aeropuerto; allí nos estaba esperando el resto del grupo.

Un círculo de personas y, en el centro, David: el responsable y, a la par, pareja de Ananda. Ya de primeras me di cuenta de cuánta bondad albergaba su alma, uno de esos seres de luz que llevan el servicio a los demás por bandera.

Esta primera impresión me la confirmarían los días de convivencia que estaban por llegar, al igual de la inmensa paciencia que gastaba.

David tenía una barba larga y descuidada y una trenza similar a la utilizaban los antiguos samuráis. Junto a él un variopinto grupo de gente de diferentes edades, nacionalidades y estéticas; con los días les llegaría a conocer muy bien a todos.

Nos saludamos con alegría y excitación contenida, el sentimiento general era de expectación. Yo fui super bien recibida, y si alguno se sorprendió de verme llegar en silla de ruedas lo disimuló bien; en realidad, creo que fue fácil.

Teníamos todo el día por delante porque el siguiente vuelo no saldría hasta las 9 de la noche, así que David nos propuso alquilar un minibús e ir a visitar la gran mezquita de Casablanca -Mezquita de Hasán II- y luego a comer.

Tuve mi primera impresión de una ciudad marroquí.

En los siguientes años conocería otras tantas y más a fondo, pero he de reconocer que ese primer shock, me marcó.

El tránsito era caótico y la ciudad me resultó gris y densa. Junto al mar una inmensa mezquita, blanca y radiante pretenciosa en su contraste con la ciudad y luminosa frente al azul intenso del Atlántico. Solo en esta mezquita, de las que había en todo el país, se permitía la entrada a no musulmanes.

Me sobrecogí allí dentro, viendo a los hombres rezar, inclinados y sin zapatos, su oración era similar a un mantra armónico que repetían sin cesar y, en otra parte delimitada de la mezquita, estaban las mujeres.

Ya me daría cuenta de cuan diferente era la cultura musulmana respecto de la nuestra en cuanto a hombres y mujeres.

Salimos de la Mezquita de Hasán II y fuimos a un restaurante típico marroquí que nos recomendó el chofer.

La espera, porque se toman su tiempo para todo, mereció

la pena: *Pastela*[8] de pollo y cuscús… Es cierto eso de que la comida te hace viajar; yo ya estaba allí, pero creo que fue probar esos sabores, esas mezclas de especies, ese contraste del hojaldre dulce con el comino y el pollo, cuando por fin me rendí ante Marruecos.

Estaba allí para quedarme y vivirlo todo apasionadamente, fue la mejor *pastela* que he probado hasta la fecha; un plato muy elaborado que las mujeres preparan en casa en los días de fiesta.

Se nos hacía tarde y teníamos que volver al aeropuerto. En ese primer contacto pude conocer a parte del grupo, ponernos nombres y nacionalidades, pero algo superficial. Todos estábamos nerviosos y cansados, a la vez que ansiosos por llegar.

Ocupamos un pequeño avión de hélice, prácticamente al completo, treinta y tres participantes más David. Se trataba de un vuelo semanal al corazón del Sahara, sobrevolando el Atlas, sus cumbres nevadas, erguidas y orgullosas cual fieles guardianes de los secretos del profundo desierto.

La alternativa era cruzar esas montañas en coche, por estrechísimas y sinuosas carreteras de montaña, viaje que tendría ocasión de disfrutar, a la vez que cultivaba mi paciencia en numerosas futuras ocasiones, pero eso yo aún no lo sabía

—¿Y tú Ser Superior? Estás muy callado, ¿no me acompañas en este viaje de recordar? ¿Tú lo sabías todo verdad?... Pero dejaste que yo sola lo fuera descubriendo y

---

[8] **Nota de la autora:** Pastela - La pastela, de origen marroquí, es una clase de hojaldre hecho de masa filo rellena a base de cebolla, carne de pichón o de pollo, perejil y almendras. Es un curioso plato típico que mezcla lo dulce y lo salado con el perfume de la canela.

aprendiendo, sólo así podía llegar a conocerme en profundidad, a hacer un cambio sostenible y duradero... desterrar por fin viejas creencias limitantes y abrir la mente a nuevas realidades, y encontrar mi propósito de vida, ¿me equivoco?

—No te equivocas Sol, ese era el objetivo. Y además no olvides la fuerza del grupo.

Y así es, ya que a medida que avanzas en tu propio crecimiento individual, a la vez generarás un impacto y un avance en la consciencia de la humanidad. Porque todos formamos parte de un todo, una consciencia colectiva, mucho más grande que tu propio *ser individual.*

«Suele ser necesario elevar la perspectiva por encima de lo conocido para poder contemplar nuevos horizontes»

¡Y llegamos!... Pero el desierto no abre sus puertas a cualquiera, o eso dicen los bereberes, hijos de sus tribus nómadas. El desierto es selectivo en sus amores, el desierto siente y late cual ser vivo, emitiendo y recibiendo vibraciones de sus huéspedes. Los bereberes se comunican con él, en un diálogo íntimo y constante y una de sus herramientas es la música.

Por eso, nos recibieron con timbales, tambores, yembés[9]

---

[9] **Nota de la autora:** Yembé – instrumento de percusión originario de Guinea y Mali, introducido en África por antiguas migraciones hacia Costa de Marfil y Senegal. Actualmente forma parte de los instrumentos musicales utilizados particularmente por la gente del desierto en Marruecos, Túnez y Argelia.

y bailes, al amparo del mayor manto de estrellas que yo había contemplado hasta la fecha. Rodeando un fuego de bienvenida, hicimos una ofrenda silenciosa, cada uno la suya, pedimos permiso para ser acogidos durante los siguientes 40 días y dimos las gracias por haber recibido la llamada. Pasamos a la *kasbah* a disfrutar de una espléndida cena, allí nos recibió Ananda. Ella nos repartió las habitaciones y nos emplazó a conocernos a la mañana siguiente. Había sido un largo día, lleno de emociones muy intensas, tocaba descansar para todo lo que vendría a continuación.

CAPÍTULO 7. Acudiendo a la llamada

Carolina y yo bajamos del avión y nos unimos a la larga cola de control de pasaportes, el vuelo había pasado rápido; charlamos y recordamos a algunos de los compañeros que conocimos en la cuarentena.

Parece increíble cómo el tiempo tiene sus propias normas y equilibrios. Lo que parecía que iba a ser una unión inquebrantable, fundada en la intensidad de las experiencias vividas se fue diluyendo poco a poco hasta que cada uno siguió su rumbo, en su propia burbuja de la realidad que le tocaba vivir.

Cruzamos la última puerta de salida del aeropuerto y ahí estaba un montón de guías, con sus carteles, esperando a los turistas del último vuelo del día.

Miré excitada buscando a Hamid con la vista y sintiendo el calor residual de un día que terminaba; no lo veía.

Alí se acercó a recoger a Carol y. al verme, sentí que se le cambiaba la cara… ¡Qué raro todo! Algo se me estaba escapando y no alcanzaba a saber qué era.

—¡Hola Alí, cuánto tiempo! ¿Cómo estás? ¿Has visto a Hamid?

—Hola Sol ¿Cómo está la familia?

Siempre me sorprendió tanto interés por las familias ajenas que no conocen, hasta que llegué a entender que ellos hacen una traducción literal de su fórmula de saludo habitual, del árabe al español u otro idioma.

—Muy bien, gracias, Alí. ¿Tu familia también bien?

—Sol, Hamid no está aquí, pero mira ha venido su hermano Khaleb a recogerte, por ahí viene.

—¿Qué? ¿que no ha venido Hamid? Pero él me dijo…

—Hola Sol, ¿Cómo estás? ¿Qué tal la familia? ¿Todo bien?

—¡Hola Khaleb! Sí… bueno no… ¿Dónde está tu hermano? Yo pensaba… Él me dijo… Bueno, yo… se supone que él me estaría esperando aquí.

Miré a Carol, con ganas de llorar; no entendía nada, sentía que allí todos sabían algo que yo desconocía.

—Tranquila Sol, Hamid está bien, todo está bien, ven sube al coche te lo explico por el camino.

Me despedí de Carol y Alí; quedamos en hablar estos días cuando supiese algo más.

Conocía a Khaleb, era el hermano mayor de Hamid, casi cómo un padre para él y su ejemplo a seguir. Había empezado a trabajar desde muy joven, primero como chico de los recados en el hotel del desierto dónde conocí a Hamid, pues era de sus primos.

En Marruecos —al igual que en casi todos los países de tradición musulmana— las familias son grandes y se apoyan y ayudan unos a otros. Khaleb, fue ganando la confianza de sus jefes hasta que le dieron la oportunidad de encargarse de trasladar a los turistas por diferentes rutas y *tours*.

Con el tiempo consiguió ahorrar lo suficiente y comprarse su primer coche a plazos y, así, poco a poco fue montando su propia compañía de turismo.

Actualmente Hamid trabajaba con él, por eso en todos los años anteriores habíamos coincidido varias veces, las suficientes como para saber que era un chico serio y responsable.

—Sol, no te vayas a enfadar con mi hermano, sé que confiabas en que él te estuviese esperando en el aeropuerto, pero de verdad que le ha sido imposible, Hamid está en Merzouga y yo te voy a llevar allí mañana. Está todo preparado, esta noche te he reservado habitación en un hotel que ya conoces, en la *medina*[10], y mañana pronto te recojo para irnos juntos.

—¿Cómo que a Merzouga, Khaleb? ¿Al desierto? Es un viaje súper largo, tenemos que cruzar todo el Atlas y ¿para qué?... El sólo quería verme, para hablar. Se va a casar Khaleb, qué pinto yo aquí, no entiendo nada…

—Lo sé Sol, por favor, confía en él… Hamid te lo explicará todo a su debido tiempo.

Me recosté en el asiento del coche, respiré profundo, bajé mis pulsaciones y fui hacia dentro: «Ok Sol, momento presente, es lo que hay, no te adelantes, no anticipes, no especules, y recuerda, esto es lo mejor para ti en armonía con el Universo, confía». Esto me lo dije a mí misma o ¿fuiste tú, Ser Superior?

---

[10] **Nota de la autora:** Medina – de llama así a las partes más antiguas de las ciudades árabes. En Marruecos, siempre hay una nueva ciudad fuera de estas mismas fortificaciones.

Khaleb aparcó al lado de la plaza de Jamaa el Fna y me acompañó hasta el pequeño *riad*[11] en una de las estrechas callejuelas de la medina de Marrakech. Por muchas veces que haya paseado en esta majestuosa plaza llena de vida, nunca me cansaré de hacerlo. Está tan viva, es tan intensa de colores, olores, gritos, diferentes lenguas; plena de turistas de todas las partes del mundo mezclados con hombres en *chilaba*[12] y mujeres con *hiyab*[13].

Recuerdo como si fuese ayer, la primera vez que la pisé, cuando tras regresar de la cuarentena y tomarme mi tiempo para asumir y asentar todo lo que en esos cuarenta días había vivido. Entonces, había vuelto, para ver a Hamid por primera vez y darme la oportunidad de sentir si *lo nuestro*, era de verdad o solo había sido un espejismo del desierto.

---

[11] **Nota de la autora:** Riad – *del árabe, jardín*. El riad es la casa tradicional marroquí, normalmente con dos o más plantas alrededor de un patio de estilo andaluz que contiene una fuente. Los riads eran las casas señoriales en la ciudad de los ciudadanos más ricos como los comerciantes y cortesanos. Las edificaciones estaban orientadas hacia el interior, lo que proporcionaba privacidad a la familia y protección ante el tiempo de Marruecos. Este enfoque hacia el interior se manifiesta mediante un jardín o patio interior colocado en el centro y la ausencia de grandes ventanas en las paredes exteriores de arcilla o ladrillos de barro. Este principio de diseño se apoyaba en las nociones islámicas de privacidad. En el jardín central de los riads tradicionales hay a menudo cuatro naranjos o limoneros o una fuente.

[12] **Nota de la autora:** Chilaba – Es una prenda de vestir masculina, tradicional de Marruecos para los bereberes y árabes. Especie de túnica holgada con capucha; cubren desde el cuello hasta el tobillo. Se utilizan para salir a la calle y se llevan encima de la ropa de casa o de fiesta.

[13] **Nota de la autora:** Hiyab – es un velo que deben usar las mujeres musulmanas desde que tienen la primera menstruación, en presencia de varones adultos que no sean de su familia inmediata. Es un velo que cubre la cabeza y el pecho. También denota cualquier cobertura de cabeza, cara o cuerpo empleada por las mujeres musulmanas que, de manera similar, concuerda con una cierta norma de modestia.

En aquella ocasión, sí estaba él esperándome en el aeropuerto, tan nervioso como yo, y, tras pasar una intensa noche de pasión, nos habíamos levantado para ir a desayunar a la gran plaza que yo había visto hasta el hartazgo, en fotos, en documentales, en blogs de viajes... Pero que superó con creces todas mis expectativas.

Marrakech con sus calles estrechas por las que te podías cruzar con motocicletas descontroladas, tanto como con burros tirando de carros; con mujeres completamente tapadas igual que con hombres ejerciendo de herreros en plena calle. Mezclados había curtidores de cuero, alternando con pequeñas tiendas donde vendían especias y ungüentos perfectamente ordenados en sus tarros de cristal, justo al lado de otras con las más exquisitas alfombras de pelo de camello de mil vivos colores...

Eso, y mucho más, era el zoco[14] de la ciudad más visitada del país, un caleidoscopio para los sentidos.

—Sol, ¿estás bien?, estás muy callada.

—Lo siento Khaleb, algo tiene Marruecos que me atrapa, mira que en estos años desde que llegué al desierto por primera vez he venido muchas veces... Tú lo sabes, hasta llegué a mudarme por una temporada a Esauira con tu hermano, pero es como si mis memorias ancestrales conectaran al instante con este mundo, con tu mundo... Solo estaba disfrutando del paseo en silencio.

—Mira, ya hemos llegado, te acuerdas de este riad ¿verdad? Te han preparado la habitación de abajo, y cualquier cosa que necesites pídeselo a Hibba, ella te ayudará.

---

[14] **Nota de la autora**: Zoco – En Marruecos, mercado.

Yo te paso a buscar mañana a las 7 para irnos al desierto… Buenas noches Sol.

—Buenas noches, Khaleb… ¡Qué descanses!

Me quedé un rato charlando con Hibba, mientras nos tomábamos un té, sabía que con té o sin él no iba a pegar ojo en toda la noche. Me encanta el ritual del té, con sus teteras de latón, sus vasitos de cristal, la hierbabuena… me atrapan los rituales.

Por fin cerré la puerta de mi habitación y me tumbé en la enorme cama de las mil y una noches, con su dosel, sus mástiles de madera labrados a mano… todo demasiado romántico para dormir sola.

Saqué mi móvil y puse la clave del wifi. Tenía pensado llamar a Hamid y pedirle una explicación; me había hecho venir hasta aquí y ¿para qué?

—Toc, toc, Sol, ¿Hamid te ha hecho venir hasta aquí o tú has tomado la decisión de venir?

—¡Uff, qué oportuno Ser Superior… ¡Qué oportuno! ¿No ves que estoy mal, que necesito una explicación…?

—¿Necesitas? estás cayendo en barrena ¿eh Sol? Suelta el móvil y respira, date cinco minutos.

—Tienes razón, ahí voy… Por un lado, lo sé, yo y solo yo soy responsable de mis propias decisiones. Él sólo me lo pidió y yo accedí, sin compromisos, sin obligaciones, desde mi libertad. Luego, si las cosas no están saliendo como yo había pensado, no puedo culparle, simplemente debo soltar resistencia y aceptar… Y además ¿qué hay de malo en volver una vez más a mi amado desierto?... Puedo tener paciencia y disfrutar del camino…

Antes o después sabría de qué iba todo esto y a reencontrarme con Hamid.

Aunque mi Ser Superior no me interpelaba yo seguía hablándole…

—Y sí, tienes razón, no necesito nada… La palabra necesito implica carencia y además me coloca en el papel de víctima consciente o inconsciente, por lo tanto, lo borro… No necesito una explicación, pero si me gustaría obtenerla.

«Las palabras son cómo una llave, si usas la combinación correcta, la puerta se abrirá»

Justo entra un mensaje en el móvil, lo miro, es Hamid. Bendito Universo, en el momento que he tomado conciencia de cambiar necesito por deseo, la explicación llega, gracias, gracias, gracias.

«Sol, sé que ahora mismo puedes estar enfadada conmigo, por favor no te enfades, y confía en mí, muy pronto lo entenderás todo. Khaleb me ha dicho que ya estás en el riad y que mañana te pasa a buscar, descansa y disfruta del viaje, el desierto y yo te esperamos aquí, buenas noches».

Sonrío, no lo puedo evitar y me rindo al destino, decido fluir con lo que venga.

Me doy una ducha rápida, me pongo el pijama y me meto en mi cama de cuento de las mil y una noches, sola. Justo antes de entregarme al sueño escucho a lo lejos la llamada a la oración, se me eriza la piel y me quedo profundamente dormida.

«La conciencia sólo es posible a través del cambio; el cambio sólo es posible a través del movimiento»

Aldous Huxley

CAPÍTULO 8. Un regalo del Universo

Me despierto un poco desubicada, mi cabeza tarda unos segundos en saber dónde estoy, veo un bulto en la cama de enfrente, es Lily, mi compañera de habitación durante los próximos 40 días. Nos conocimos ayer en el aeropuerto. De padres mexicanos vive en un rancho de San Antonio, en el estado de Texas. Me levanto sin hacer ruido, me ducho rápido, estoy ansiosa por salir y contemplar el desierto a la luz del día.

Es abrumador, el dorado del inmenso mar de dunas en contraste con el azul intenso del cielo; el silencio que casi se puede tocar, sólo roto por una leve brisa que desplaza los granos de arena formando olas sobre las dunas.

Ahí estaba yo, al límite de dónde mi silla me podía llevar antes de quedar irremediablemente atascada en la arena. Me agaché para atrapar un puñado de arena, suave y fina que, libre, vuelve a su lugar de origen resbalando entre mis dedos. Cerré los ojos y me visualicé, allí sentada sobre la duna, sintiendo su latir, sabía que llegaría el momento de materializarlo.

—Sabah[15], ¿tú quieres desayunar?

---

[15] **Nota de traducción:** Sabah – Hola (en árabe)

Me giro y allí estaba un chico vestido con una chilaba azul hasta los pies y un enorme turbante en la cabeza.

—Soy Sol… ¡Buenos días!

—Yo Mohamed, tú mucho madrugar

Sonrío, me encanta ese acento y su manera de hablar español.

—Sí, quería ver esta maravilla cuánto antes, creo que me quedaré unos diez minutos más disfrutando y agradeciendo.

— Yo te espero y te acompaño a una *haima*[16] con todo rico para desayuno… Aquí no hay prisa, la prisa mata.

La de veces que llegaría a escuchar esa frase, y es cierto que para los bereberes en concreto nunca hay prisa. Ellos se ríen de nosotros porque dicen que tenemos los relojes, pero que ellos tienen el tiempo… ¡y cuánta razón tienen!

Dimos la vuelta al hotel y Mohamed me ayudó a llegar hasta la *haima*, unas veinte alfombras cubrían la arena y una tosca tela marrón nos protegía del sol, que a lo largo del día iría cogiendo fuerza. Allí dispuesta, una enorme mesa bufet con bollos, creps, mermeladas, dátiles, frutas, termos con café y teteras varias.

Me serví un té y unos creps y me acomodé en una mesa donde estaban ya cuatro de mis nuevos compis.

Carlos y Sergio se habían levantado con el alba para ver amanecer y estaban fascinados por la experiencia. También estaba allí Pepe, mano derecha de Ananda, pues ellos se conocían desde hacía años y se sentían como hermanos. Pepe nos dijo que después de desayunar ella nos esperaba a

---

[16] **Nota de la autora:** Haima – jaima en español – Especie de tienda de campaña utilizada por los pueblos nómades del norte de África.

todos en la piscina para presentarnos oficialmente y darnos la bienvenida y las pautas.

—¿Tenemos piscina? ¿pero esto qué es?

Estaba tan entusiasmada que me desbordaba. Pero yo creo firmemente que las emociones son para sentirlas hasta el final y expresarlas así en el momento justo en el que aparecen.

«Sentimientos o emociones son el lenguaje universal y deben ser honrados. Son la expresión auténtica de lo que está en su lugar más profundo»
Judith Wright

—Ja, ja Sol, todo te parece maravilloso, qué bueno. Recuerda que aquí en Marruecos y, en esta zona en concreto, viven del turismo y, si bien el reclamo es el desierto, a los huéspedes les gusta estar confortables. Y sí, hay una bonita piscina en la parte de atrás, desde donde se vislumbran todas las dunas; aunque ahora estamos en enero y las noches son muy frías, quizás al final de la cuarentena algún valiente se atreva a sumergirse.

Por allí ya empezaban a llegar todos los demás. Se notaba un halo de excitación generalizada, estábamos felices y eso se sentía, se palpaba.

Fuimos directo a la piscina, dónde estaba Ananda con David; majestuosa ella, con su vestido largo y su poncho de lana, el pelo largo, negro, brillante. En mi cabeza enseguida la asocié al concepto de chamana y, en cierto modo, eso es lo que era. Nos había atraído hasta allí con su promesa de enseñarnos, de dotarnos de herramientas que nos guiaran a una nueva realidad mediante la práctica continuada. En definitiva, el viaje de cada uno de nosotros, como héroes de nuestra propia vida, para liberarnos, transformarnos y encontrar nuestra mejor versión.

—Bienvenidos todos, hace mucho que sueño con este momento: el de poder materializar mi primera cuarentena en un punto *geoaxiatonal*[17] como este en el que nos encontramos.

—¿Geoaxiatonal? ¿Qué es eso?

Gracias a Dios, no era la única que no entendía aquello, miré a la chiquilla, frágil y encorvada con una mochila que parecía pesar más que ella, le agradecí en silencio su pregunta.

—Ya sabéis que todos somos energía, somos uno, con nosotros y con toda la creación. Pues bien, tienes que imaginarte el mundo, la Tierra envuelta en una malla o red energética con unos puntos o *vórtices*[18] de alta vibración desde los cuales es más fácil reconectar con la red universal. Por eso, hay puntos físicos en nuestro planeta, que por su ubicación geográfica aúnan puntos de alta frecuencia

---

[17] **Nota de la autora:** Geoaxiatonal Se designa así a un lugar en la tierra que te permite entrar en tu eje y alineación tonal. Un banco de recuperación de tiempo, un almacén de silencio para la reparación y potenciación de tu sistema nervioso, inmunológico.

[18] **Nota de la autora:** Vórtice – Cada uno de los puntos altos de energía en la Tierra; dicha propiedad energética se debe a su campo electromagnético. Investigaciones de la NASA han demostrado que el campo energético humano se sintoniza con ciertas ondas de la Tierra.

vibratoria, y electromagnética desde dónde nos es más fácil reconectarnos y alinearnos con toda la información y legado que tenemos en el Universo…

Hizo una pausa como esperando que alguno de nosotros tuviera la oportunidad de expresar dudas… que seguramente había muchas, pero nadie preguntó nada.

—No es casual, que todos y cada uno de vosotros estéis aquí hoy, ni que vayamos a compartir esta experiencia juntos. Desde tiempos antiguos, los grandes sabios, terapeutas y médicos, se han retirado del sistema para desintoxicarse de él y nutrirse del infinito, para después poder regresar otra vez y volcar la re-evolución de información generada…

Miró a su alrededor, mostrando el sitio donde nos encontrábamos y continuó:

—El Desierto del Sahara nos proporciona un marco incomparable para esta labor. Durante estos 40 días y 40 noches, vais a aprender y practicar una metodología que os va a permitir hacer un diagnóstico y tratamiento a todo tipo de paquetes de *información cuántica* (personas, lugares, relaciones, situaciones…) a través de la lectura del pulso del corazón físico y vibracional con dos sistemas de navegación: una señal vascular propia de cada uno de nosotros según nuestro organismo y otras que podemos llamar cuántica que nos informa sobre las vibraciones que experimenta el organismo. Cada uno de vosotros viviréis vuestro propio proceso de regeneración, desintoxicación y reprogramación.

Sentí que me mareaba un poco, no había entendido nada… Miré las caras de mis compañeros y vi un poco de todo, pero enseguida me di cuenta de que muchos de ellos se tocaban la muñeca izquierda con el pulgar derecho, probé a hacer lo mismo, en seguida el mareo pasó.

Parecía que Ananda ya había terminado su discurso y nos pedía que nos reuniésemos otra vez después de comer en una *haima* que habían levantado especialmente para nosotros, a unos 600 metros del hotel, entre dos dunas. Allí era donde trabajaríamos y practicaríamos los siguientes días. También tendríamos ocasión de realizar sesiones de yoga, meditación, concentración, lectura, respiración, relajación, danza, cada jornada estaría llena de propuestas prácticas y teóricas, individuales y grupales.

Me acerqué a María, ella estaba charlando animada con un reducido grupo, que tal y cómo me había contado en el avión ya se conocían de pequeños talleres que había impartido Ananda con anterioridad.

Les pregunté sobre lo del pulgar y ellos me explicaron que a partir de ahora me iba a familiarizar mucho con eso, ya que es la manera de conectarnos con el pulso del corazón, nuestro o del paciente que estemos tratando.

Nuestro corazón bombea sangre a diferentes frecuencias y cadencias, con un ritmo y una velocidad determinados y diferentes en cada momento y que contienen una información valiosísima sobre nuestro estado de salud físico y, también, emocional.

Al poner el dedo sobre la arteria radial de la muñeca escuchamos el pulso cuántico del corazón, la medición de esas frecuencias de los latidos del corazón nos informa del estado de salud física y mental.

«Somos lo que hacemos repetidamente. La excelencia, entonces, no es un acto, es un hábito»

Aristóteles

Volví a mi habitación, quería descansar un rato y sacar mi libreta de apuntes. Desde que había empezado a viajar, era imprescindible para mí, me gustaba escribir, plasmar sensaciones y lugares, conversaciones que sumaban todo eso que hace mágico un instante y que no aparece en una simple foto.

Y en ello estaba cuando regresó Lily, no habíamos coincidido en todo el día. Me contó que había estado charlando y paseando con las chicas del otro lado del charco, cómo le decíamos cariñosamente: dos mexicanas, una de USA, dos chilenas y una de Costa Rica. Éramos un grupo heterogéneo, pero que venía a recoger sus cosas para irnos ya a la *haima*.

Con los días llegaría a conocer muy bien a aquella mujer dulce y suave como su acento, que parecía vivir atrapada en una interminable niñez; pues nadie diría que hacía tiempo que había pasado la barrera de los 30, no aparentaba más de 22.

Como estaba siendo habitual, en los primeros encuentros, nos movía la curiosidad de saber qué historia personal había detrás de cada decisión por la cual habíamos llegado a la cuarentena. La mía ya la sabéis, pero es que la de Lily también me causó sensación. Tardó en abrirse, no fue algo que me contase el primer día, pero creo que cuando por fin se sintió fuerte para compartir su historia, se relajó y pudo disfrutar más del día a día, sin el peso que arrastraba de sentirse siempre juzgada.

Lily, se había educado en la más convencional tradición católica, provenía de una gran familia de origen mexicano, aunque ella había nacido en Estados Unidos. Sus padres, inmigrantes, consiguieron labrarse un futuro y una fortuna considerable sobre la base de mucho trabajo y esfuerzo. Empezaron con un pequeño restaurante de comida mexicana, que fue creciendo y expandiéndose, la típica historia del sueño americano. Pero siempre conservaron sus raíces firmes y educaron a sus cuatro hijos bajo los pilares de la religión, el trabajo y la familia.

Lily creció feliz y protegida y muy pronto, a los 23 años, después de haber terminado sus estudios empezó a salir en serio con un chico, hijo de otra familia mexicana amiga de sus padres. Esta unión fue muy celebrada y alentada por todo su entorno, pues Juan Diego y su familia compartían los mismos valores que la familia de Lily. Enseguida empezaron a hablar de boda y a planificarla por todo lo alto.

Pero Lily y su novio, nunca habían llegado a pasar de unos cuantos besos. Por supuesto, se esperaba de Lily que se casara virgen y para toda la vida. Y ella, que no en vano había experimentado y probado el sexo al amparo de sus años de universidad, jamás se atrevería a compartir con su entorno más cercano, el hecho de que hacía tiempo que ya había dejado de ser virgen.

Ella no llegaba a entender el poco interés de intimar de su

novio, pero deslumbrada por el efecto boda y todo lo que estaba movilizando, se sintió arrastrada sin atreverse a encarar el asunto con una conversación directa. Supuso que él sí quería mantener esa tradición marcada por la religión de ambos.

Cuando Lily se quiso dar cuenta se estaba casando con aquel chico, que, aunque le gustaba mucho, apenas conocía. Pasaron los días de la boda y ellos aún no se habían acostado, Lily no entendía nada y por más que se insinuaba o lo pedía abiertamente, siempre era rechazada, al principio con escusas y después ya de muy malas formas.

Lo primero que pensó Lily es que su marido era homosexual y que la había utilizado para guardar las apariencias de cara a su familia. Trató de hablarlo con él, pero Juan se cerraba en banda y le repetía, una y otra vez, que era por culpa de Lily: que no le atraía; que cómo podía sentirse atraído por una mujer que valoraba más el sexo que el matrimonio; que era pecaminoso que estuviese siempre persiguiéndole con el mismo tema… Esto y mucho más, es lo que tuvo que aguantar Lily durante más de 2 años de casada. Con el consiguiente desgaste emocional, la tristeza, la culpa, la baja autoestima y la presión añadida de no querer defraudar a su familia que los veían como la pareja ideal.

Su historia, vista desde fuera puede parecer de fácil solución, salir de allí y acabar con el problema. Sin embargo, cuando practicas la empatía y te pones en la posición de Lily. Con todo el peso familiar, las consignas grabadas a fuego en tu subconsciente y la mella que vas sufriendo cuando eres maltratada a nivel psicológico, entiendes que de fácil no tiene nada. Que hay que ser muy valiente y empoderarte mucho para dar un paso al frente y gritar tu verdad, y querer ser libre de todas las ataduras que acarreas.

Siempre hay un condicionante que te hace romper las cadenas, ya sea externo, o bien tú misma cuando tocas lo más profundo del pozo. Y así fue cómo Lily un día salió de su casa y sin mirar atrás se fue a solicitar el divorcio y la consiguiente nulidad matrimonial por la Iglesia, y con esos papeles cómo algo simbólico a lo que agarrarse pudo ir a contarles a sus padres el infierno que estaba viviendo.

Con su ayuda y la de un profesional de la psicología, poco a poco fue renaciendo de sus cenizas. Ahora ya estaba mucho mejor, pero aún le quedaba ese punto de baja autoestima y de valorarse muy poco. Por eso, cuando una cliente asidua del restaurante familiar que regentaba le habló de este retiro, no se lo pensó, supo en lo más hondo de su corazón que sería su terapia definitiva, y vaya si lo iba a ser…

—¿Te vienes Sol?

—Sí, claro… vamos.

Salimos del hotel por la puerta principal, y me di cuenta de que me estaba encontrando con mi primer obstáculo real, yo no podía caminar por la arena, y de sobra sabía, por la cantidad de veces que había ido a la playa, que arrastrarme o empujarme por la arena era muy trabajoso y poco efectivo.

Mis compañeros se estaban yendo en pequeños grupos por delante, quedaban pocos ya a los que pedir ayuda. Pasó Ananda, me miró, sonrió y siguió caminando.

Lejos de enfadarme o sentirme mal, porque no se había parado a ayudarme, (yo tampoco le había pedido ayuda), me hizo recordar a mi amiga Ana y su niño con parálisis cerebral.

Pablito tras mucho esfuerzo y tesón por su parte había aprendido andar casi rozando los 3 años, pero se caía muy a menudo. Ana siempre me contaba, que se tenía que enfrentar a las miradas juiciosas de las otras madres en el parque cuando Pablito se caía una y otra vez, y ella en vez de acudir a levantarlo, simplemente le animaba a que él sólo lo hiciese. Quería criar a un hijo lo más independiente posible, con recursos y fortalezas para seguir adelante.

Ese pensamiento me dio fuerza y me prometí a mí misma que encontraría una solución para salvar esos metros de arena hasta llegar a la *haima*, pero, de momento, tenía que pedir ayuda si no quería llegar tarde en mi primer día.

Vi a Pepe y a Carlos y les pedí, por favor, si podían llevarme en brazos entre los dos y a Lily que llevase mi silla, así lo hicieron, llegamos triunfantes y a tiempo.

Esa misma noche en la cena, me acerqué a David y le expuse mi problema. A la vez, le dije que había visto en la recepción del hotel que alquilaban motoquads para los turistas.

Le pregunté si me acompañaba para hablar con el dueño y pedirle, si era posible, que alguno de los chicos del hotel me llevara en moto a la *haima* y, después, recogerme cada vez que tuviésemos actividades allí.

Le pareció una gran idea y desde entonces tenía a todos los chicos del hotel peleándose por ser mi chofer del día. Este pequeño ritual, acabó convirtiéndose en una diversión de todos, ya que terminamos yendo hasta 4 personas en el mismo quad y sujetando la silla de ruedas a pulso.

Está claro que siempre hay una solución para cada problema, lo importante es dónde pones el foco de atención.

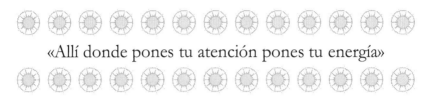

«Allí donde pones tu atención pones tu energía»

Todas las noches, desde la primera, después de cenar, los chicos bereberes que trabajaban en el hotel sacaban sus tambores, timbales y castañuelas en forma de ocho y se ponían a cantar y bailar, melodías bellísimas llenas de ritmo y melancolía.

Hamid, ya me había visto, pero yo a él aún no. Oficialmente estaba trabajando en el hotel, pero llevaba una temporada yendo y viniendo a la granja de su tío para ocuparse de los animales y, también, era el responsable del campamento, por lo que pasaba mucho tiempo allí.

CAPÍTULO 9. Un salto cuántico

Khaled había llegado puntual, me estaba esperando con Hibba en la recepción del *riad*, cargó mi maleta y tras despedirnos salimos al laberinto de las calles de la medina. Aún era pronto, apenas amanecía y, por lo tanto, muy pocos comerciantes habían levantado sus persianas.

Atravesamos otra vez la plaza y nos dirigimos a los pies de la Koutoubia, la mezquita más importante de Marrakech, cuyo *minarete*[19] era el tope máximo de altura a la que se podía construir. Eso es lo que me contaron, pero por supuesto, aunque había paseado por sus jardines, nunca llegué a entrar, ya que solo pueden acceder los musulmanes. Cruzamos la avenida para llegar al parking donde estaba el coche.

Me acomodé en el asiento y me dispuse a pasar las siguientes ocho horas lo más cómoda posible. El viaje seguramente lo dividiríamos en dos, una primera parte de carreteras sinuosas y estrechas para cruzar el Atlas hasta llegar a Ouazarzate, la puerta del desierto; también conocida como la meca del cine marroquí, pues allí, se han rodado

---

[19] **Nota de la autora:** Minarete (o alminar) – Torre de las mezquitas, por lo común elevadas y poco gruesas, desde cuya altura se convoca a los musulmanes en las horas de oración.

películas míticas como La Momia, Lawrence de Arabia, Gladiator o escenas de la Guerra de las Galaxias incluso de la mítica serie Juego de Tronos. Y no es para menos, pues cuenta con escenarios naturales de extensos palmerales, áridas llanuras en contraste con altas montañas nevadas y oasis con verdes valles. Seguro que pararíamos allí a comer algo, para luego seguir, en una segunda etapa, ya por carreteras largas y polvorientas, atravesando pequeños pueblos con sus casas de adobe marrón y antiguas *kasbahs* como sacadas de un nacimiento navideño.

Irremediablemente mi cabeza retrocedió a los 3 años que había estado yendo y viniendo de España a Marruecos. Al principio, como una aventura con tintes románticos, me escapaba para pasar una semana o diez días con Hamid, cada vez en una ciudad diferente; volaba a Fez, a Tánger o a Marrakech y desde ahí recorríamos diferentes partes del país.

Me enamoraba más en cada viaje, de su país, de su cultura y de él. Lo mismo estábamos recorriendo la medina más limpia de Marruecos en Ashila, que, compartiendo un cuscús de viernes en casa de unos amigos en Fez; disfrutando cómo una niña de las playas de Legzira o comiendo sardinas con los dedos en el puerto de Sidi Izni.

Daba igual, el caso es que nos encantaba pasar tiempo juntos, yo abría su mente a otros mundos, otras realidades que él, hasta ese momento, ni siquiera se había atrevido a soñar. Como muchos jóvenes de Marruecos se resignaba a su destino, la mayoría abandonaba pronto los estudios para ayudar en casa con trabajos precarios y mal pagados, casi todos muy relacionados con el turismo. Empezaban limpiando hoteles, llevando maletas, hasta que lograban la confianza de sus jefes y ascendían a conductores y guías de pequeños grupos de turistas.

El sueño de cruzar los 14 km de agua salada que separaban Marruecos de Europa era algo inalcanzable para la mayoría. Yo a mis 40 años, nunca había sido tan consciente de que las fronteras eran una realidad, que para todos no significaban lo mismo.

Para los de mi lado, no son más que una línea exótica en un mapa que nos regala un sello en nuestro pasaporte marrón. Para ellos, un muro infranqueable, lleno de trampas burocráticas, con requisitos imposibles de reunir para la mayoría; que les atrapa en el laberinto de embajadas y consulados cuyo único propósito es disuadirlos de su intención de salir del país, ni Marruecos les facilita la salida, ni Europa les facilita entrada.

Hamid, a su vez, me contaba historias sencillas de gente aún conectadas con la tierra y con las estrellas, temerosos de Alá y su religión, que tenían rituales como el Ramadán, la fiesta del cordero, la circuncisión y la oración cinco veces al día y quizás, lo que peor llevaba yo, el enorme abismo entre hombres y mujeres.

Hablábamos mucho y tratábamos de ponernos el uno en la posición del otro, pues solo desde ahí podíamos llegar a empatizar y descubrir, más allá de lo que nuestra mente limitada y estructurada por años y años de cultura y tradición -cada uno con la suya-, lo que desde el amor nos queríamos transmitir.

Un mañana que estábamos abrazados en la cama le

pregunté a Hamid por qué yo; qué había visto en mí en un hotel lleno de mujeres guapas y receptivas.

—Sol, todo el mundo ve tus ojos, grandes y azules como el mar, pero yo veo tu corazón palpitando en ellos, respiro tu energía y me siento cómo en casa… A tu lado me siento feliz, pleno y eso va mucho más allá del sexo por el sexo mismo. Todas tus amigas buscaban sexo libre y esporádico, pero tú…

—A mí también me gusta el sexo, Hamid: el sexo no es malo, ya lo hemos hablado, es una energía super poderosa, es una de las formas más eficaces que tiene el alma para producir el movimiento evolutivo que la persona necesita.

—Entonces fue eso, mi alma y tu alma necesitaban encontrarse para intercambiar toda esta información y aprendizaje evolutivo. Pero la verdad es que me gustas mucho.

—Tú a mí también Hamid… ¿Y la silla? *darling*, nunca me ha parecido que te importara.

—Y no me importa, si a ti no te quita la sonrisa, a mí tampoco.

—Sol, ¿te has dormido? —Khaleb me sacó de mis ensoñaciones, justo ahora cuando empezábamos a besarnos— ¿Vas bien? ¿Quieres que paremos a hacer un descanso?

—Venga, ¿dónde estamos?

—Ait Ben Haddou, ¿lo conoces verdad?

—Sí claro, vine con mi padre y su pareja cuando viajaron para visitarnos.

Es una *kasbah* espectacular de adobe y piedra, muy bien

conservada a la que se accede cruzando un puente sobre el río Ounila. Te transporta a otras épocas en las que casi crees que te vas a cruzar con una caravana de camellos cargados de productos exóticos. Su color rojizo se funde con el sol al caer por el horizonte. Es parada obligatoria a todos los que de verdad quieran conocer Marruecos, más allá de sus *zocos* abarrotados de especias y babuchas, y de pequeños pueblos azotados por el Atlántico. Este es un viaje al interior del país con sus paisajes casi lunáticos.

—Bien, pues paremos a tomar un té y comer pan recién cocido con aceite de argán.

—Khaleb, y ¿tú qué tal? ¿Cómo están tu mujer y el pequeño Mohamed?

—El niño está precioso, crece fuerte y sano y ya apunta maneras… No para quieto ni un minuto y Yadira muy bien, echa de menos a su familia, que ya sabes que viven en Errachidia… pero está muy arropada por mi madre y mis hermanas cuando yo estoy de aquí para allá con el coche.

La dulce Fátima, la mamá de Hamid, de Khaleb y de tres chicas más.

Tuvieron que pasar muchos viajes, y bastante tiempo, hasta que Hamid se decidiera a presentarme a sus padres, y es que, para ellos también era un *shock* que su hijo me llevara a su casa cómo su novia, aunque con los hombres hacen la vista gorda, las relaciones fuera del matrimonio no son bien consideradas.

De hecho, es algo que me costó algún tiempo asumir o aceptar. Cada vez que nos alojábamos en un hotel nos pedían el certificado de matrimonio y, como no lo teníamos, no nos quedaba más remedio que reservar dos habitaciones, o jugárnosla previo pago de una pequeña mordida. Esto era una práctica que a mí me ponía de muy mal humor: ver cómo la religión y las creencias limitantes tan arraigadas y poco cuestionadas por la sociedad, podían condicionarles tanto. Lo único que conseguían era vivir una vida semiclandestina, donde se guardaban las apariencias de cara a la sociedad, tan contaminada como cada uno de sus individuos, pero que casi nadie se atrevía a romper, aun cuando las cuestionaran.

El sexo, el alcohol y el estricto cumplimiento del ayuno en Ramadán: eran las tres cosas que a mí más me impactaban. En todos estos años he tenido ocasión de conocer y compartir con muchos marroquís. A ninguno le he visto rezar cada vez que sonaba el canto del *almuecín*[20] desde la mezquita y con todos he compartido cervezas y copas de vino. También es cierto que, durante el Ramadán, con el cual sí cumplen, les cambia radicalmente el carácter. Había notado que se volvían irascibles y malhumorados, preferían pasar el día dormitando a la espera de que llegase el ocaso para romper el ayuno. No paraba de preguntarme qué sentido tenía hacer un esfuerzo tan grande, como es no comer ni beber durante casi un mes, si lo hacían obligados por su cultura, por su religión o incluso por la sociedad, cada vez más vigilante y ansiosa de señalar con el dedo al que se lo saltaba… En definitiva, ¿se trataba de miedo?

Desde mi perspectiva, lo importante es saber desde dónde y para qué haces algo; pues es ahí, donde crece tu sacrificio.

---

[20] **Nota de la autora:** Almuecín (o almuédano) – musulmán que, desde el alminar o minarete, convoca en a viva voz para que acudan a la oración.

Si el objetivo del Ramadán es acercarte más a Alá y purificar tu cuerpo, ¿por qué su energía y su carácter estaban tan bajos de vibraciones? Deberían de estar felices y conectados con su propósito, ¿no?

Pese a todo, llegó el día en el que Hamid me llevó a su casa y pude conocer a su padre, Hasan. Un profesor de escuela venido a menos, que por una serie de circunstancias de la vida había perdido su trabajo como docente; ahora solo se dedicaba a mantener la escuela: se encargaba de abrirla, cerrarla y las tareas de maestranza que requería su funcionamiento.

Por supuesto, también conocí a su madre, Fátima, dulce y alegre, con los mismos ojos almendrados color miel que su hijo. Aún mantenía los rasgos de belleza, que seguro en su juventud habían deslumbrado a todos, parecía mayor de lo que era, pero parir y criar a 5 hijos con medios y facilidades muy alejadas de las que yo conocía de mi lado del mundo, no se lo habían puesto fácil. También estaban sus tres hermanas, la más pequeña de ellas, Aisha, aun una niña feliz y dicharachera, amante del chocolate y quien todavía podía lucir su pelo azabache lleno de bucles preciosos. Maryam y Aziza, sus otras dos hermanas, ya llevaban el *hiyab*, como señal de respeto a sus futuros esposos.

Al principio, con cierta incertidumbre, trataba de descubrir en sus ojos qué podían estar pensando sobre mí y sobre su hijo; reconozco que *a priori* podía parecer impactante.

Una mujer mayor que su hijo, extranjera y en silla de ruedas, chocante cuanto menos… Además, ellas no hablaban ni inglés ni español, y mi francés más que básico no me alcanzaba para tener una conversación fluida. Pero me encantó sentarme a la mesa con su familia; Hamid le había pedido a su madre que me hiciera una *pastela* -sabía que me encantaba-, también humeaba en la mesa un *tajine*[21] *vegetariano* y ensaladas variadas; todo un festín rematado con dulces hojaldrados, dátiles y, como no podía ser de otro modo, con abundante té.

La comunicación va mucho más allá de un lenguaje verbal, palabras dichas en una lengua concreta, nos comunicamos con las miradas, las risas y las manos; fue divertido y muy pronto me hicieron sentir como una más de la familia.

Después de comer, las chicas se empeñaron en pintar mis manos y mis pies con henna, me dejé hacer, maravillada de su destreza con el pincel. Me *tatuaron* preciosos símbolos geométricos y pequeños dibujos del sol y la luna. Lo vi como una alegoría a nuestro amor, tan cercano y lejano a la vez, como la noche y el día; aunque, en definitiva, compartíamos muchos valores en común: el respeto, la familia, la solidaridad, el no mentir, la creencia en un Dios creador muy por encima de todos los adornos y florituras que nuestras respectivas religiones hubiesen añadido a lo largo de los años.

Aquella noche, le di las gracias a Hamid, para mí había significado mucho que me presentara a su familia, y sabía

---

[21] **Nota de la autora:** Tajine (o Tayín) – Es un recipiente para cocinar fabricado en barro cocido, y compuesto por un plato hondo y una tapa de forma cónica. La cocina en el tajine, es característica de Marruecos, entre otros países. Las preparaciones más tradicionales son de verdura (o vegetariano), de ternera, de cordero, de sardinas y múltiples combinaciones de estas carnes con vegetales.

que para él no había sido fácil. Estaba rompiendo todos los estereotipos que se esperaban de él, es decir, que se casara con una buena mujer musulmana, como su hermano, y que tuviera hijos allí, en el mismo lugar donde había nacido y crecido.

Nuestra relación, contra todo pronóstico, se estaba fortaleciendo y anclando firmemente. Cada vez me costaba más separarme de él y volver a España y aunque yo soñaba con que viajase conmigo y poder mostrarle mi vida, mis amigos, mi familia, aún no veíamos la forma de lograrlo. Así que esa noche le plantee la posibilidad de que yo me viniese una temporada a vivir con él, que buscásemos un lugar cómodo para mí y alquilásemos una casita.

Salí de mi ensoñación, volvía a estar en el coche con Khaleb… Ya habíamos dejado atrás Ouazarzate, nos estábamos adentrando en el valle del Dadés, donde se cultivan las famosas rosas damascenas, cuyos pétalos se utilizan para fabricar la tan conocida agua de rosas, y miles de productos más: jabones y cosméticos, perfumes, aceites, tónicos, bálsamos labiales… La fiesta de la recolección, un fin de semana al año, por el mes de mayo, es famosa en toda la región con espectáculos y grupos de música bereberes. Se monta un mercado con artesanía de la zona, alfombras, joyas y productos agrícolas.

El paisaje cada vez se va alejando más del siglo XXI y adentrándote en otra época en la cual las mujeres aún lavan la ropa en el río, los niños pastorean a las ovejas y los burros tiran de carros cargados de paja. Las bicicletas desvencijadas y mil veces parcheadas se amontonan a los lados de los puestos dónde se vende carne y fruta expuesta al sol y rodeada de moscas. Todo tiene un tono entre marrón y rojizo que, por muchas veces que haya recorrido esos caminos, no dejan de sorprenderme.

—Sol ¿te apetece que nos adentremos a las gargantas del Todra?

—Te lo agradezco Khaleb, pero estoy ansiosa por llegar...

Había tenido ocasión de recorrer esa garganta con sus espectaculares y maravillosas paredes verticales de roca de más de 300 metros de altura, sobre las aguas cristalinas del río Todra, en varias ocasiones y sabía que hoy no era el momento de pasear por allí.

Seguía haciendo un esfuerzo grande por ser paciente y no anticiparme, pero la realidad era que estaba deseosa por volver a ver a Hamid y saber por qué me había llamado. Todo este viaje estaba haciéndome recordar y replantearme seriamente qué había pasado entre nosotros, ¿por qué habíamos terminado?

En ese mismo momento volví a ser consciente de que toda esta historia de amor y aprendizaje había formado parte de mi evolución personal.

Mi alma, tu alma, el alma de cada uno de nosotros, ansia evolucionar, y para ello necesita movimiento y empuje, y solo hay dos maneras de responder ante eso. Una es rindiéndote al movimiento, aceptando participar y observando las señales, entonces la evolución se produce suavemente en una espiral ascendente; ello no implica que esté exenta de dolor, pero es un dolor que lleva implícito un aprendizaje, una apertura de mente a un estado de mayor satisfacción de lo que había vivido hasta ahora.

Otra, por el contrario, es resistirte a esa evolución, quedarte anclado en tu zona de confort. Por miedo produces un rechazo a lo desconocido y te paralizas, pero el movimiento evolutivo nunca para y ese rechazo se convierte en caos y pensamientos negativos de inseguridad y malestar, convirtiendo ese dolor en un sufrimiento permanente y prolongado.

Tú eliges… Yo elijo posicionarme en la evolución ascendente y, además, opto por hacerlo desde el disfrute y no se me ocurre uno mayor que una bonita historia de amor, aunque en su caminar esté llena de obstáculos y trabas.

«Si me conecto con mi corazón y me dejo guiar por él sabiendo que la vida nunca te pone una situación que no puedas resolver, lo trascenderé alcanzando un estado evolutivo mayor»

CAPÍTULO 10. Agradeciendo las puertas

Habían pasado los primeros días de la cuarentena y ya todos nos conocíamos. Como pasa siempre en los grupos grandes, surgen más afinidades con unos que con otros; que no tienen por qué ser definitivas y van cambiando y reajustándose con el paso de los días.

Nos pasábamos las mañanas en la *haima*, sentados en círculos sobre cojines y alfombras. Escuchábamos a Ananda que nos hablaba de calidad frecuencial, de geometría sagrada y de salir de la mente para conectarse con el corazón, donde reside la verdad auténtica, lejos de los disfraces y excusas de la mente.

Íbamos practicando unos con otros y ganando confianza en nuestra intuición. Para mí el día definitivo fue cuando conectada con el pulso de Gemma, una de mis compañeras, y, siguiendo el protocolo que marcaba Ananda, me llegó todo un torrente de información.

Gemma se quejaba siempre de tener lesiones en las manos, arañazos, pequeños cortes, moretones que no sabía cómo se hacía y tenía una afición compulsiva a comerse las uñas hasta dejarlas en carne viva.

Esto le había llevado a hábitos de ocultar sus manos, usar jerseys muy largos o ponerse guantes en invierno.

Partiendo de ahí, profundicé a un nivel menos físico, pero más emocional que nos situaba directamente en sus relaciones con los hombres. Como su miedo a ser abandonada y rechazada por ellos, la llevaba a repetir patrones de autosabotear todas sus relaciones una y otra vez; de manera inconsciente, ella tomaba la delantera y evitaba enfrentarse al dolor de ser abandonada.

Yo en un estado de semi consciencia y plenamente conectada con su historia, pude ver una escena de una mujer dando a luz a una niña, y cuando la matrona quiso dársela a su madre para que la cogiera por primera vez en brazos, la mujer escondió las manos y giró la cara, no quiso recibir a su hija porque ya había decidido que la daría en adopción.

Le comenté a Gemma lo que acababa de percibir; ella, que no podía parar de llorar, se abrazó a mí y pasó mucho rato hasta que pudo serenarse y hablar. Entonces nos contó a todos, que hacía muy poco tiempo que se había enterado de que era adoptada, sus padres que la habían criado con todo su amor habían decidido enterrar ese secreto familiar para siempre.

Pero a raíz de los últimos tiempos en los que Gemma se encontraba tan deprimida, al punto en que había empezado a asistir al psicólogo, un día su madre decidió sincerarse con ella y contárselo.

Gemma nunca había llegado a hacer el clic de saber que, esa primera fractura en su vida estaba relacionada directamente con sus problemas actuales.

Para mí, y para todos, aquella historia fue impactate, porque he de prometeros aquí y allí, y dónde sea que me pregunten, que yo no tenía ni idea de la historia de Gemma, ni de su vida, ni de su infancia. Apenas hacía unos días que nos habíamos conocido.

Ananda nos dijo, que había sido un ejercicio muy potente y que ahora Gemma podía soltar el dolor y perdonar a su madre biológica por haberla abandonado siendo un bebé recién nacido; a sus padres por no haberle contado su verdad, su historia de vida y, a ella misma, por haberse estado saboteando durante tanto tiempo.

Se merecía ser feliz y dejar de culparse inconscientemente por ese abandono.

La explicación más valiosa es que el trauma de ser rechazada se había grabado en la mente subconsciente de Gemma a un nivel muy profundo. Tanto así que, cada vez que su mente consciente se sentía en peligro de volver a ser abandonada, se desconectaba y tomaba el control la mente subconsciente, activando un programa de protección para evitar un nuevo sufrimiento, un nuevo rechazo.

Lo que acababa de pasar es que Gemma había conseguido revivir ese momento y liberar todas las emociones que llevaba asociadas y, así, se había deshecho de la creencia de que se merecía ser abandonada. Porque cuando le quitas todas las emociones, el pensamiento se libera y pasa sólo al recuerdo, pero sin emoción ya no duele y entonces deja de generar vibración ya que no lleva un sentimiento asociado.

Después de esa experiencia parece que los tratamientos y

prácticas subieron de nivel, cada vez estábamos más conectados entre nosotros y los ejercicios eran más potentes.

Todos conseguimos ir limpiando creencias que, como Gemma, también llevábamos muy arraigadas en el subconsciente, y eso nos hacía sentir más ligeros.

Al final se trataba de mirar hacia dentro, conocerse en profundidad cada uno a sí mismo.

«Hasta que no hagamos consciente el inconsciente, seguirás llamando a las cosas que te suceden *destino*»

Carl Jung

En los ratos en que no estábamos en la *haima*, teníamos todo el desierto para disfrutar, pasear, meditar o lo que cada uno quisiese hacer.

Yo, gracias al descubrimiento de la motoquad había podido cumplir mi ilusión de llegar a diferentes dunas y extender mi pareo para sentarme a meditar, a pensar, o simplemente a disfrutar del silencio y del sol escondiéndose en el horizonte.

Me sentía feliz y relajada.

De vez en cuando, conseguía una tarjeta SIM para el teléfono y dar señales de vida, saber que toda mi gente estaba bien y poco más, porque la desconexión era real: sin tele, sin internet, sin noticias.

Parecía que vivíamos en un limbo, una burbuja fuera de la realidad donde todo tenía una intensidad muy especial.

Nos habíamos integrado perfectamente con los habitantes del hotel, que ya habíamos hecho un poco nuestro. Pasábamos por las cocinas para aprender su arte con las especias y los postres, organizábamos partidos de fútbol sobre la arena con los chicos de allí y, un día a la semana, aprovechábamos para ir a conocer Merzouga, el mercado de Ricchiani, o vivenciar la increíble experiencia de ir a un auténtico *hammam*[22] en Erfoud.

Se notaba que todos nos estábamos quitando capas y mochilas que acarreábamos de hace tiempo, ya que allí todos éramos a la vez terapeutas y pacientes.

Otra de las cosas que también aprendí allí, fue sobre la importancia de no juzgar los comportamientos ajenos, y es que una noche cuando volvía tarde a mi habitación vi salir una sombra del cuarto contiguo, el de Ananda y David.

Ya hacía tiempo que corría el rumor de que Ananda pasaba muchas noches en el sector más lujoso y privado del riad, con el dueño del hotel. Por las formas yo creí reconocer a María, y en ese momento cobró sentido, ya que siempre que podía, ella andaba cerca de David. En un primer momento juzgué aquella situación como una deslealtad clandestina, pero enseguida me reproché a mí misma… ¿quién era yo para cuestionar actitudes ajenas? Supongo que entre Ananda y David existían sus propias normas, que, si para ellos eran válidas, para el resto tiene que ser más que suficiente.

---

[22] **Nota de la autora:** Hamman – (o hamán) Conocido como baño árabe o baño turco; es una modalidad de baño público en el que se utiliza fundamentalmente vapor, para limpiar el cuerpo y relajarse.

«Cuando comprendes que toda opinión es una visión cargada de historia personal, empezarás a comprender que todo juicio es una confesión»
Nikola Tesla

Como a la mitad de la cuarentena pasaron dos cosas que a mí me marcaron especialmente.

Una fue la incorporación al grupo de un participante a quien todos acabaríamos llamando «Baba», mentor de Ananda e inspirador de la cuarentena. Podría pasar por un tierno abuelito que lleva a sus nietos al parque y se sienta en un banco a dar de comer a las palomas.

Y juzgándolo solo así, por su apariencia, no llegarías a saber que era un gran erudito y terapeuta en un sinfín de disciplinas, desde la más convencionales —como es la licenciatura en medicina— hasta las más heterodoxas, como son la *medicina tradicional china*, la *homeopatía clínica*, la *medicina bioenergética*, la *cromoterapia*, la *cromopuntura*, el *Reiki* y especialista en *crecimiento personal*.

Además, era *doctorado en medicina natural* por la Cambridge International, *reflexólogo* y *osteópata*. Vaya, daba vértigo escuchar su curriculum, pero, sobre todo, era una de esas personas que tiene ángel, profundamente conectado a las estrellas y con una conversación tan interesante que pasaba el tiempo volando a su lado.

La otra y cómo todos ya os imagináis, fue la aparición de Hamid en mi vida. Él había estado todo este tiempo cerca, pero yo no había sido consciente de ello, nunca habíamos hablado y nunca se me había acercado, como sí lo habían hecho el resto de sus compañeros, pero eso estaba a punto de cambiar.

Una mañana durante el desayuno, David nos dijo que la próxima noche no la pasaríamos en el hotel y que teníamos que vaciar todas nuestras habitaciones, ya que un grupo grande de turistas chinos lo tenía reservado desde hacía muchos meses. Lo habían organizado todo para que nos trasladásemos esa noche a dormir al campamento que tenían en lo profundo del desierto, nos habilitarían un cuartito para dejar nuestro equipaje recogido y solo tendríamos que llevarnos ropa para un día.

Sonaba excitante, dormir en *haimas* rodeados de dunas y bajo la más maravillosa bóveda de estrellas. Incluso, nos daban la posibilidad de ir en camellos hasta el campamento… ¡Maravilloso!

En esas estaba, pensando si jugármela e ir en camello yo también o por el contrario ser prudente y no arriesgarme a una posible escara en el culo. Sabía la respuesta sin necesidad de tocarme el pulso, y opté por el viaje en 4x4 a través de las dunas.

He de reconocer que me sigue dando pánico sentir cómo sube y baja el coche por dunas imposibles, se me pone el cuerpo del revés y sé que tal sensación revive en la memoria de mi cuerpo las mismas sensaciones que experimenté durante mi accidente de coche; se disparan mis alertas y aún no puedo controlarlo.

Compartí el viaje con Baba, ya que todos los demás

optaron por los camellos. Cuando llegamos al campamento se me acercó un chico alto, moreno, con unos increíbles ojos gatunos color miel: Hamid.

—Hola Sol, te acompaño a tu tienda.

El campamento estaba entre dos inmensas dunas, un camino de alfombras marcaba el pasillo en cuyos lados se levantaban tiendas blancas y al fondo una enorme hoguera con cojines alrededor. Hamid me acompañó hasta la última tienda del pasillo, se supone que la compartiría con Lily, pero hacía ya varios días que Lily no venía a dormir y es que andaba medio liada con Hassan, el hermano del dueño del hotel, y claro, tenían acceso privilegiado a sus mejores rincones y habitaciones.

Entré en la tienda para dejar mi bolsa e ir al baño; cuando salí vi que Hamid estaba ahí esperándome. Yo no me había dado cuenta, me miraba, pero no se atrevía a decirme nada. También es cierto que se manejaba mejor en inglés que en español.

—¿Eres Hamid verdad? —le pregunté— no te he visto mucho por el hotel todos estos días.

—Sí… Yo a ti sí, pero siempre estás con gente, yo quería hablar contigo, pero *tú siempre ocupada.*

—¿En serio? Pero, haberme dicho algo… Ahora estoy sola, ¿te apetece que nos sentemos frente al fuego y nos bebamos un té?

Nos acomodamos en los cojines y nos quedamos contemplando el fuego un rato. Hamid estaba nervioso y yo lo percibía super claro, pero pensé que era por el idioma, mezclábamos inglés con español.

Me contó que no siempre estaba en el hotel, que también pasaba tiempo en el campamento y, a veces, en la granja de su tío encargándose de los animales.

También me dijo que desde el primer día se había fijado en mí y en mis ojos, y que estaba deseando hablar conmigo. Me reí, no sabía si estaba intentando ligar a ser amable, o simplemente no sabía qué decir, pero la verdad es que me despertó mucha ternura.

Justo apareció Baba y se sentó con nosotros, estábamos los tres solos en el campamento, la caravana de camellos aún estaba de camino.

Le pregunté a Hamid si él también tocaba el *yembé* y si le apetecía cantarnos algo.

Se puso súper colorado y de primeras dijo que no, pero yo insistí y aceptó; sí yo me hacía una foto con él, nos cantaba una breve canción que le tarareaba su madre cuando era pequeño.

—Claro, ven, acércate —Baba hizo de fotógrafo y con mi móvil nos tomamos la foto.

Hamid nos encandiló con su voz y su ritmo, sentí que ahí mismo algo se desencadenaba dentro de mí, mi piel reaccionó a sus susurros y me dejé llevar…

Creo que al final la vida también se trata de coleccionar momentos mágicos, pequeños instantes de felicidad que te acompañarán todo el camino.

El mundo se podía parar ahí mismo que yo me sentía plena de felicidad y profundamente agradecida a la vida que me había llevado hasta donde estaba; que me estaba regalando la oportunidad de renacer una vez más, más completa y consciente siendo absolutamente coherente con lo que quería manifestar.

Al mismo tiempo, agradecida a mí misma por no haber sucumbido al miedo y haberme permitido de dar un salto hacia el abismo, sin saber lo que me encontraría al otro lado; pero cien por ciento confiada porque sabía que en ese salto mis alas se abrirían para siempre.

«El agradecimiento es una de las emociones más poderosas que podemos poner en práctica a diario, inténtalo»

Empezaban a llegar los primeros camellos y Hamid se levantó para ir a ayudar a mis compañeros, no sin antes pedirme que le enviara la foto. Guardé su número y le prometí que en cuanto tuviese SIM con datos y cobertura se la mandaba.

Aquella noche, Ananda nos quería introducir en una nueva etapa de la cuarentena, y era fomentar nuestra conexión con los astros, y dónde mejor que en aquella parte del mundo sin contaminación lumínica para conectarnos con las estrellas.

Después de cenar y cantar junto al fuego nos pidió que nos abrigáramos bien, cogiéramos una manta gorda y nos tumbásemos a contemplar la bóveda celeste.

Ya os he dicho antes que es un espectáculo increíblemente maravilloso, que nos regala el Universo cada noche, pero desafortunadamente muy pocos humanos conocen, porque es muy difícil de contemplar en nuestras jaulas de colores llenas de luces artificiales.

Más allá de la belleza y el deleite inmediato, se trataba de tomar conciencia de que pertenecemos a un todo con el Universo, que este no tiene sentido desde una visión individualizada de sus partes. Honrar a nuestros ancestros, tan lejanos como las culturas mayas o egipcias, muy anteriores a nosotros cuya dinámica de observar y fundirse con la información latente existente en el Universo formaba parte de su evolución conjunta como un ser mayor, con el fin de unirnos con *la fuente de todo lo que es.*

Y allí estaba yo, extasiada por este nuevo regalo que me brindaba la vida, observando el cielo y cuestionando sus misterios: el movimiento de los astros, la salida y la puesta de sol, la luna y sus fases, los eclipses y la aparición de cometas entre tantos fenómenos astronómicos que han formado parte de la humanidad desde el comienzo de los tiempos.

Hasta que pude doblegar a mi mente pensante y racional, y acompasar el latir de mi corazón con el pulso del Universo.

No sé cuánto tiempo físico pasó en aquella primera comunión con los astros, no sé si lo que allí pasó fue una meditación especial, un viaje astral o un fundirme con el vacío cuántico.

De lo que sí me acuerdo, es que según iba retomando mi realidad; estaba en mitad del desierto, tumbada sobre una manta en mitad de la noche y el frío empezaba a invadir mi cuerpo, entonces sentí que no estaba sola. Aún quedaban compañeros diseminados a una cierta distancia, otros ya se habían ido a dormir, pero alguien me observaba. En cuanto mis ojos se acostumbraron a la oscuridad distinguí a Hamid sentado en la arena que me miraba, al principio me asusté, pero le hice un gesto para que se acercara.

—*Why are you here? Is too late*[23]

—*I wont help you… Can I?*[24]

¿En serio? Se había quedado cerca para ayudarme.

—*I would like it*[25]

Me dejé querer, si el Universo me lo iba a poner fácil, yo estaba firmemente decidida a fluir con Él.

Hamid, suavemente se agachó y me cogió entre sus brazos hasta sentarme en mi silla, me sentí como la reina que era, ¿por qué no?

Me acompañó hasta mi haima, todo parecía salido de un cuento de las mil y una noche.

—*Sol, I like you so much, my heart is jumping.*[26]

Me sentí un poco abrumada, pero a la vez, muy segura de mí misma.

Le di un abrazo a Hamid.

—*Hamid, thanks for being, see you tomorrow.*[27]

Entré en la *haima*, cómo era de esperar Lily no estaba en su cama. Podía haber aprovechado e invitar a Hamid a quedarse… Ya lo había hecho antes con Omar, uno de los

---

[23] Nota de traducción: —*¿Por qué estás aquí? Es muy tarde.*

[24] Nota de traducción: —*Yo quiero ayudarte… ¿Puedo?*

[25] Nota de traducción: —*Me gustaría*

[26] Nota de traducción: —*Sol, me gustas mucho, mi corazón está saltando.*

[27] Nota de traducción: —*Gracias por estar Hamid. Hasta mañana.*

músicos itinerantes que de vez en cuando se dejaban caer por el hotel, con quien me regalé una noche de sexo sin compromiso. Pero, sentía que Hamid era alguien especial, y que, si nuestros cuerpos se iban a unir para elevar nuestras almas, no sería esa noche; pues en ese momento, yo no quería hacerlo solo desde una satisfacción momentánea.

Mientras me lavaba los dientes y me ponía el pijama, reflexioné sobre la cantidad de creencias limitantes que estaba rompiendo en esta experiencia, el sexo, una de ellas. Desde que nacemos, parece que nos inculcan que es algo malo, algo prohibido, algo que hay que esconder. Supongo que todos, en mayor o menor medida, estamos condicionados por los preceptos de las religiones, en mi caso la católica, pero como estaba descubriendo allí, también la musulmana y tantas otras a lo ancho y largo del mundo.

Sin embargo, la energía sexual, bien utilizada y con coherencia es una de las energías más poderosas del ser humano, y es una pena que no nos enseñen a manejarla desde el principio. ¿Cuántos desequilibrios físicos y emocionales están íntimamente ligados al mal uso de esta energía?

Tan potente es la unión de dos almas que se sienten atraídas e intercambian información a través de un *entrelazamiento cuántico* para dar un paso evolutivo de ambas. Pero destructiva, cuando esa energía se usa desde el apego, la adicción, la represión o la humillación de tu propio ser o de tu pareja.

Y con tantas cosas en la cabeza, me quedé dormida, había sido un gran día con mucho que agradecer, y así, espontáneamente lo hice:

—Gracias por estar en un lugar tan privilegiado y potente como el desierto.

—Gracias porque se me ha abierto una puerta al mundo del cosmos y sus secretos.

—Gracias por haber conocido a un alma buena dentro de un hombre atractivo.

«La primera semilla para cosechar abundancia y felicidad es el agradecimiento»

Volvimos al hotel y a nuestro día a día en la *haima*, había llegado un punto en el cual todos, en mayor o menor medida, habíamos hecho un cambio. Se respiraba en el ambiente, se notaba en las caras, nos habíamos liberado de pesadas cargas y flotábamos más ligeros por ese nuevo mundo en el que nos habíamos sumergido.

Casi ninguno de nosotros quería pensar que, en la vuelta, en los compromisos adquiridos, en la *matrix*[28], en las rutinas, en las obligaciones…y, si hubiésemos podido nos habríamos quedado allí; pero irremediablemente la cuenta atrás había empezado y teníamos que prepararnos para ello.

Yo, personalmente, exprimía mi tiempo en conversaciones con Baba, que tanto me aportaban: su visión del mundo, sus andanzas y descubrimientos y es que tenía una vida apasionante.

---

[28] **Nota de la autora:** Matrix – Hacer referencia a un mundo virtual donde las mentes de los humanos son esclavizadas y creen vivir en la normalidad, por ejemplo, tal como el conjunto de estereotipo que define la normalidad en una cultura o sociedad.

Los últimos años de su carrera los había dedicado a estudiar la estructura del agua y su mensaje. Había diseñado y desarrollado un aparato para *fotonizarla* y cargarla de energía otra vez. Su trabajo, en las universidades más prestigiosas del mundo, había consistido en ensayos y pruebas de cómo influía el agua viva en los organismos vivos a diferencia de las aguas muertas, estancadas en tuberías y llenas de cloros y otros productos químicos, de las que actualmente nos estábamos sirviendo la mayoría de los humanos.

El agua es algo vivo, que no nace en botellas de plástico ni dentro de tuberías, pertenece totalmente a la naturaleza, tiene un ciclo vital desde la evaporación de océanos y mares en forma de espiral ascendente para formar nubes y volver a nosotros en forma de lluvia. Parte de ella, es retenida por la vegetación y, el resto se filtra por la tierra formando arroyos y ríos. El agua se mueve geométricamente en forma de torbellinos y al filtrarse se carga electromagnéticamente con iones negativos de las raíces de los árboles que, a su vez, la remineralizan; el ciclo vuelve a empezar cuando se evapora por el calor del sol para elevarse y nuevamente formar nubes.

Cuando entiendes este sistema y te das cuenta de la grandeza de la naturaleza y de que no somos nada sin ella, piensas en todo lo que la sociedad ha perdido pensando que ganaba. Por eso hay que hacer un esfuerzo colectivo para lograr un equilibrio entre prosperidad y conservación del medioambiente.

También trataba de pasar el mayor tiempo posible con Hamid. Desde aquella noche en el campamento, no había dejado de estar presente, me iba a buscar con la motoquad a la *haima*, y aprovechábamos para adentrarnos en lo más profundo del desierto, seguir las huellas de pequeños zorros o simplemente tumbarnos boca arriba en la arena para escuchar el silencio. Me dejaba chocolates y pequeños regalitos en la puerta de mi habitación. Al mandarle yo la foto que nos hicimos, ya tenía mi móvil y cada vez que lo encendía me encontraba un emoticono en forma de corazón, todo muy tierno.

Sabía que Hamid quería algo más y, quizás, yo me estaba recreando en su conquista de galán de cine de los 70 o de niño perdido de la isla de Peter Pan…

No sabría definirlo muy bien, porque aquí, en mi lado del mundo, las cosas son diferentes. Vivimos en un ritmo tan frenético que no hay tiempo para la pausa, para el disfrute de la conquista y, aunque yo ya sabía que terminaríamos enrollándonos, pues cada vez me sentía más atraída por él, no quería precipitarme.

¿Por qué?, porque los dos nos estábamos reubicando y aprendiendo. Él a relacionarse con una mujer desde la libertad de expresar sus sentimientos, algo que no había hecho nunca, pues cómo supe después, sus pocos encuentros sexuales habían sido rápidos y clandestinos con mujeres cuya propia sociedad no tenían en ninguna estima, por el mero hecho de haber roto el voto sagrado de la virginidad hasta el matrimonio.

Y yo disfrutaba porque me sentía deseada, mimada, consentida; en definitiva, me estaba ayudando a mejorar mi autoestima, que no es que fuese mala del todo, pero que siempre queda ahí ese puntito de sentirte el patito feo del cuento.

Así que después varios días de recrearme en la conquista, de regalarnos besos fugaces amparados por la oscuridad del desierto o besos más largos exprimidos en los descansos de mi curso aprovechando los paseos en moto, llegó la noche en el que le invité a entrar a mi cuarto.

Al cerrar la puerta nos besamos sin mediar palabra, nos besamos largamente, podía sentir su nerviosismo. Le besé el cuello, la oreja, los ojos, su respiración se entrecortaba y Hamid me devolvía los besos con igual pasión, aprendía rápido.

Le pedí que se quitara todas esas capas de ropa que llevaba encima, podía sentir su erección apretando contra mi cuerpo, pero yo quería verle en todo su esplendor, tímido al principio, pero con el brillo del deseo imposible de esconder. Fue arrojando al suelo su sempiterna chilaba azul, su turbante de dos metros, camisetas varias y pantalones. Aproveché para deleitarme en su torso dorado, su espalda bien formada, sus piernas fuertes y para acariciar cada parte de su cuerpo que me iba mostrando. A su vez yo también me quite mi ropa para que él pudiese tocarme y recorrerme entera. Nos besamos y buscamos con las manos y los ojos hasta que nuestros cuerpos se unieron en una comunión perfecta de placer y entrega.

Desde aquella primera noche, nos buscábamos en cada instante que teníamos libre, nuestros cuerpos eran como imanes que se atraían irremediablemente.

Me encantaba que me hablase bajito en árabe, aunque yo no entendía nada, me sonaba muy musical, me recitaba textos del Corán, que sonaban como a mantras y me sumían en un estado de relajación placentera. A su vez, yo le iba enseñando palabras en español y descubrimos cómo la música era una buena herramienta para ello. Conocía canciones de Shakira, de Alejandro Sanz, que me pedía que le tradujera.

Le hablaba de mi mundo y mis rutinas; el de su familia y sus orígenes… En definitiva, disfrutábamos mucho de estar juntos.

Pero irremediablemente el tiempo se acababa, y eso era algo que a los dos nos pesaba. Yo no quería pensarlo mucho, pues ya estaba muy centrada en el aquí y en el ahora, no en vano llevaba casi 40 días de retiro con mucho de *mindfulness*.

Pero él no lo llevaba tan bien y, de vez en cuando, se dejaba llevar por la nostalgia y la tristeza. Esto es debido a que la mente inconsciente de Hamid tomaba el control, y cómo ya sabes esta mente solo puede existir o en el pasado o en el futuro

Al ser yo conocedora de esta situación, la cortaba rápido, con la intención de transmutar esa energía. Una de las técnicas que practicaba cuando eso ocurría era cambiar el ambiente, movernos de ese lugar físico o activar nuestros cuerpos con música… siempre funcionaba.

Cuando tomas distancia o mueves físicamente una situación real, energéticamente también se mueve, ya que el cuerpo es un reflejo de la mente; por lo tanto, al cambiar nuestra postura el cerebro detecta un estado emocional diferente y, en consecuencia, responde automáticamente con pensamientos más acordes a la nueva postura rompiendo así con la nostalgia o la pena por la despedida, en este caso.

«Recuerda, cómo es arriba es abajo, cómo es
adentro es afuera»
Principio de Correspondencia

Llegó la última noche. Ananda nos había organizado una gran fiesta de despedida, con las mesas enormes llenas de fuentes de todo tipo de comidas, y manjares; se había comprado cervezas y vino en el mercado clandestino y nos disponíamos a cerrar esa etapa de nuestras vidas por todo lo alto.

Ninguno de los que habíamos llegado allí 40 días antes, se iba igual. Dejábamos muchas piedras que acarreábamos encima, enterradas para siempre en las arenas del desierto que, un día, hacía miles de años estuvo cubierto por el agua del mar de Thetis. Sin embargo, nos llevábamos mucho aprendizaje y experiencias que nunca nadie nos podría robar.

Fue una noche larga llena de música y de bailes, todos los chicos del hotel se unieron a nosotros. Hamid también estaba allí conmigo, las chicas llevábamos vestidos típicos de Marruecos, ya que días antes, en una escapada al mercado de Rhissiani nos habíamos comprado *caftanes*[29] y telas bordados de mil colores. Nos sentíamos como princesas exóticas por una noche.

---

[29] **Nota de la autora:** Caftán – (del persa) - Prenda de algodón o seda abotonada por delante, con mangas, que llega hasta los tobillos y que se viste con una faja por encima de la cintura.

Parte de nuestra alma permanecería unida a ese desierto, a esos días vividos en comunidad y a tanta gente buena que nos abrió sus puertas y nos trató como familia.

Hamid y yo nos despedimos por la mañana, nuestras manos entrelazadas se iban separando cuando subí al autobús que nos llevaría al aeropuerto. De su hermosa cara resbalaban lágrimas que yo sabía que salían de su corazón; nos dimos un último abrazo con la promesa de escribirnos. Me quité el pequeño huevo de jade verde que había llevado colgado desde el primer día y se lo coloqué a él, quería que lo conservara, pero no sólo como un recuerdo mío, sino cómo símbolo de toda una experiencia holística que había vivido en esos 40 días, en esos momentos, era mi mayor tesoro.

¿Me había enamorado de aquel chico tierno y desvalido? ¿O solo había sido una aventura tan exótica como intensa?

CAPÍTULO 11. Mi propia Pandora

Atardecía ya cuando, por fin, vi a lo lejos mis amadas dunas de arena dorada. Mi corazón se aceleró, miré a Khaleb buscando su sosiego.

—Sol, no estés nerviosa, te voy a llevar al hotel, Hamid está allí, te está esperando.

—Hace un año que no nos vemos Khaleb, y hace unos días ni siquiera imaginaba que esto iba a pasar.

— Dice Rumi, *«Responde a cada llamado que emocione tu espíritu»*

— Khaleb, esto no se paga con dinero, ¿de verdad me estás recitando al celebre poeta y místico musulmán?

—¿Ser Superior te lo puedes creer? ¡Mira que soy afortunada!

—Sí que lo eres Sol, muy afortunada

Llegamos y allí, en el mismo punto donde cuatro años antes nuestras manos se separaban en un adiós que no sabíamos si sería definitivo o no, estaba él, Hamid, esperándome, con una sonrisa que iluminaba la noche. Nos fundimos en un abrazo que acariciaba nuestras almas, una comunión perfecta de mente, cuerpo y corazón.

—Sol, no sabes cuánto te he echado de menos —me volvió a abrazar.

Hamid se había permitido echarme de menos y me lo expresaba sin problema, y ¿yo?

¿Yo me había permitido echarle de menos? o simplemente había dejado a mi mente racional que tomase el control y escondiese bajo todas aquellas frases de *«esto no va a funcionar»*, *«sois muy distintos»*, *«tendrías que pasar mucho tiempo y muchos papeles para que él pueda salir de Marruecos»* Y bla, bla, bla… Mi verdadero sentimiento, ¿en qué momento me había rendido?

Sé que fui yo la que puso el punto final, y no sin haberlo intentado con todas mis fuerzas. Tomé acción y después de muchos viajes de ida y vuelta decidí quedarme y probar.

Y con mi coche cargado de ilusión y un inevitable cosquilleo en el cuerpo me crucé la península hasta Tarifa, me subí en un ferry y crucé los malditos 14 Km que nos separaban, para comenzar una nueva etapa. Porque la vida está llena de primeras veces y, aunque con los años cuesta más encontrarlas, siempre merece la pena buscarlas.

Fue nuestra primera vez sin una fecha de vuelta en el calendario, nuestra primera vez descubriendo la *medina* amurallada de Ashila, disfrutando de los atardeceres frente al mar, poniendo a prueba su empeño por enseñarme la ciudad azul de Chefchaouen, pese a estar plagadas de escaleras y desniveles. Y con la ilusión de poder llegar a un apartamento que habíamos alquilado en la maravillosa Esauira y convertirlo en nuestro hogar.

Esauira, en mi opinión, mil veces más encantadora que Marrakech, con su enorme playa batida por el viento, con dunas del mismo color que las de mi amado desierto, su *medina* acogedora y tranquila.

Toda la ciudad respiraba un punto cosmopolita ya que había una cada vez más creciente comunidad de franceses y belgas que vivían allí todo el año, suficiente como para no notar muy fuertemente el choque cultural.

—Ven Sol, en el hotel están deseando verte otra vez.

Seguí a Hamid dentro. ¡Qué ilusión me hace reencontrarme con tanta gente buena, tan hospitalaria y cariñosa! Por supuesto todos me preguntaron por la familia, sacaron té, pastas de almendras… Siempre es una fiesta, siempre hay algo que celebrar, aunque sea que seguimos aquí, que estamos vivos, ¿por qué no?

Después de tres vasos de té, cuatro rondas de abrazos, y un buen puñado de pastas, me moría por estar a solas con Hamid, quería bombardearle a preguntas, pero a la vez, necesitaba hacer uso de todo mi autocontrol por no acercarme más de la cuenta.

—Sol, se va a casar, acuérdate, tú lo dejaste marchar, —joder, ya estás aquí otra vez, a veces me dan ganas de encontrar tu botón de *mute*.

Pero esa era la realidad, Hamid se casaba y yo ¿qué hacía allí?

—Hamid ¿por qué me llamaste? ¿qué hago aquí?

—Ven te acompaño a tu habitación, y luego cenamos juntos y te lo cuento todo. Me dirigí al pasillo hacia el patio de las habitaciones, pero vi que Hamid no me seguía, —¿no me acompañas? ¿me ayudas con la maleta?

—Claro que sí, pero tu habitación no está ahí, te vas a quedar en el *riad*.

—¿En el *riad*?, ¿te ha tocado la lotería y me lo vas a contar en la cena?

—Jajaja, no, pero he estado trabajando duro este año y mi primo me debe algunos favores, así que…. ¿te acuerdas de que te dije que algún día te quedarías ahí?

—No, recuerdo que me dijiste que algún día *nos quedaríamos* ahí.

El riad era un edificio independiente a unos cien metros del hotel, con tan solo cuatro suites enormes con todos los lujos que te puedas imaginar, y lo mejor, una terraza con vistas a las infinitas dunas con su rincón *chill out* para disfrutar de amaneceres, atardeceres y noches estrelladas… ¡Un sueño!

Al salir, me di cuenta de que habían despejado el camino de arena y podía ir yo sola sin problema de quedarme atascada.

Fue como traspasar la barrera de lo real a lo imaginario. Aquella puerta de madera antigua restaurada, majestuosa… Siempre me han llamado la atención las puertas, y en Marruecos las hay por todos los pueblos, por todas las medinas, pero es que, además, a nivel metafísico, cada vez que traspaso una puerta siento que doy un giro evolutivo en mi espiral ascendente.

Y ahora allí estaba otra vez aquella señal, para recordarme que era hora de tomar acción, ¿estaba a punto de cerrar definitivamente el capítulo de Hamid en mi vida?

«Cada puerta es otro pasaje, otro límite que tenemos
que ir más allá»
Rumi

La entrada del *riad* da a un hall imponente con una fuente
en medio y una enorme lámpara dorada que cuelga de la
bóveda superior. Un ambiente tenue alumbrado por varios
farolillos de metal que protegen el fuego de una vela y el
inconfundible olor a incienso. Todo ello hace que mis
defensas bajen y mis ojos se llenen de lágrimas; no puedo
contenerlas, agua salada que brota sin compuerta, libre,
liberando todas las excusas que me he ido diciendo cada día
de este último año.

Me giro porque no quiero que Hamid me vea llorar.

—Es precioso, muchas gracias, Hamid… Había soñado
tantas veces con poder disfrutar de este lugar, aunque lo soñé
un poco distinto. ¿Cuál es mi habitación?, ¿ésta de aquí?

Había dos habitaciones en la planta baja y dos enormes
suites en la parte superior.

—Si quieres sí, pero te han preparado la de arriba, nadie
disfruta tanto cómo tú de pasar las noches al raso y allí tienes
la terraza, ¿me dejas que te suba las escaleras?

Miles de veces, me había llevado en brazos a lugares
imposibles para mí, miles de veces me había regalado ir un
pasito más allá. Él me cargaba en sus brazos y yo le abrazaba
fuerte colocando mi cabeza en su cuello aspirando todo su
aroma, pero ¿hasta qué punto mi resistencia iba a aguantar?

Se estaban cayendo a la velocidad de la luz todas mis barreras y solo sus palabras resonando en mi cabeza sobre su inminente boda, me anclaban en la cordura. Aun así, accedí; la tentación era grande.

Una vez más volé entre sus brazos hasta que me depositó amorosamente sobre la cama dos por dos que coronaba la habitación. Aproveché esos segundos que me dio, mientras bajaba por mí silla, para respirar y serenarme. Todo mi cuerpo ansiaba el suyo, pero no podía ser y eso era superior a cualquier deseo que pudiese sentir, aunque me quemase por dentro.

Y es que, si yo tenía una máxima en mi vida -solo una- que llevaba por bandera, era la de «no le hagas a los demás lo que no te gustaría que te hiciesen a ti».

Yo no conocía a su futura mujer, y quizás ella nunca se llegaría a enterar si Hamid y yo nos dejábamos llevar aquella noche. Pero yo había sido ella antes, yo había sufrido la experiencia de ser engañada. Y aunque eso se queda corto para describir la razón de mi mantra, si algo había aprendido, y mucho de ello en este desierto, era la ley de la acción - reacción: *lo que das recibes*. Así que no… Esa cama me iba a acoger a mi sola aquella noche… ¡Qué desperdicio!

—Sol, ¿está todo bien?, ¿necesitas ayuda en el baño? ¿o algo? ¿te parece si te dejo mientras te duchas y descansas y quedamos para cenar en una hora?

—¡Claro, me parece genial…!

Estaba cansada, del viaje, de las emociones, del reencuentro, de luchar con mi cabeza, con mi deseo, ¡madre mía estaba…!!!! ¿Era real todo aquello?

Salí a la terraza, el sol hacía rato que se había puesto, la temperatura era cálida y agradable; me acomodé entre los cojines y me dispuse a relajarme un poco, quería abrir ese canal de comunicación con el desierto, escuchar su latido, decirle que había vuelto, que le había echado de menos. Y allí entré en un estado meditativo tan necesario, después de estos últimos días en los que no había tenido ocasión de practicar, y así estuve unos 30 minutos. Cuando volví me encontraba mucho mejor, con fuerzas renovadas. De un saltó volví a la silla y de ahí al baño, llené la bañera y saqué un bonito vestido de la maleta. Si esta iba a ser mi última noche con Hamid quería estar radiante; el lugar y el ambiente se lo merecían.

—¿Estás lista Sol?

Apareció Hamid por mi puerta, todo él desprendía una luz especial. Había dejado de ser el niño inseguro y asustado que había conocido hacía cuatro años para convertirse en un hombre firme, seguro de sí mismo, muy consciente de su poder y la fuerza de atracción que emanaba de él.

Me buscaba con sus ojos y yo veía un brillo especial en ellos, lo sentía feliz y eso me hacía sentirme feliz a mí también.

—Estás muy guapo, vas a ser un gran marido, tu mujer será muy afortunada.

—Tú también estás preciosa, iluminas la habitación con tu sola presencia, también serás una magnifica esposa.

Lo miré extrañada, pensando que se había hecho un lío con el español, ¿yo? ¿una magnífica esposa? El matrimonio nunca había estado entre mis prioridades, de hecho, me causaba un cierto rechazo… Estaba más cerca de la idea *hippy* de vivir cada día renovando los votos internos del compromiso y la entrega que entregarme a una promesa eterna, condenada a languidecer de aburrimiento por el mero hecho de posicionarla en algo seguro y definitivo.

Salimos al patio central de la parte superior del *riad* y allí habían preparado una mesa para dos, a la luz de las velas y con el inmenso cielo cuajado de estrellas cómo único techo. Nos sentamos mientras Karima, la mujer que se encargaba de la cocina nos iba trayendo diferentes platillos de aperitivos hasta coronar la mesa con un *tajine* de barro humeante lleno de un guiso de cordero y verduras.

Yo hacía años que en mi día a día no consumía carne, pero me permitía la licencia de probarlo en contadas ocasiones, siempre y cuando mi organismo me diera permiso, y así fue. Agradecí los manjares y los bendije para el mayor bien de mi cuerpo.

—Sol, lo primero que quiero es darte las gracias por estar aquí, por acudir a mi llamada y por tu paciencia.

Le sonreí, me conocía bien y sabía que la paciencia seguía siendo mi talón de Aquiles.

—Darling, yo te quiero mucho y tú ya lo sabes, y no podía decirte que no. No me lo hubiese perdonado nunca, me hubiese encantado que las cosas entre nosotros hubiesen sido diferentes al final, pero…

—No digas nada, quiero contarte cómo he vivido este año… Sol, el tiempo que estuvimos viviendo en Esauira fue muy feliz para mí, todo era nuevo y deslumbrante. Al principio solo el mero hecho de levantarme y acostarme todos los días a tu lado me hacía sentir el hombre más feliz de la tierra… Sentía que estaba viviendo un sueño, un sueño que casi no me había dado tiempo ni a soñar, y ahí estabas tú con todas tus vivencias y experiencias, con palabras sabias y con tus enseñanzas de vida, tan intensas que no me daba tiempo ni a asimilar…

Quería interrumpirlo, pero también adoraba escuchar su voz, así que no emití palabra.

—A la vez te sentía feliz e ilusionada a mi lado, cada día para ti era un regalo, una oportunidad de descubrir nuevos lugares, de entablar nuevas conversaciones con los vendedores de pescado del puerto, las mujeres del mercado, de poner tu tiempo y corazón en las tardes que pasabas con los niños del orfanato; de planear las escapadas para conocer nuevos pueblitos de mi país que yo ni sabía colocar en el mapa. —no quitaba sus ojos de los míos —Y así, poco a poco, me iba dando cuenta de que no estaba a tu altura, de que te merecías algo más que yo. Hablabas de libros y de música que no sabía ni que existían, de países y de lugares que sabía que nunca llegaría a visitar, y aunque tú me repetías una y otra vez, todo lo que yo valía, el potencial que llevaba dentro y lo mucho que confiabas en mí para crecer y realizarme, yo era incapaz de verlo y eso me frustraba.

Aunque pretendía intervenir con alguna palabra, las suyas salían a borbotones… Así que lo dejé continuar mientras asimilaba cada una de ellas.

—Cada día me encerraba un poco más en mi silencio interior, y tú me preguntabas una y otra vez qué me pasaba, pero yo era incapaz de contártelo, por el simple hecho de que era incapaz de contármelo a mí mismo… Por un tiempo la brecha entre nosotros se fue abriendo y aunque lo queríamos disfrazar de un problema de comunicación por el idioma, los dos sabíamos que tenía raíces más profundas. Yo me sentía pequeño a tu lado, tenía pánico de que llegase el día en que te aburrieses de mí, de que te dieses cuenta de que mi mundo se te quedaba pequeño y salieses corriendo. Y, en parte, en lo más profundo de mi ser, ansiaba que así fuese… que te fueras cuanto antes, porque tu persistencia, tu entrega, tu amor infinito me hacía sentir un cobarde que no se atrevía a afrontar sus miedos de frente y poner solución.

—Pero Hamid yo… —las lágrimas se deslizaban por mi cara.

—No llores, escúchame.

Pasó sus dedos por mi cara para recoger mis lágrimas.

—Sol, sé que para ti tampoco fue fácil, que habías renunciado a mucho para venir aquí conmigo y que echabas mucho de menos tu mundo, tu país, tu familia tus amigos, pero que aún con todo creías en nosotros, creías que podíamos tener un futuro juntos… ¿Recuerdas? En aquel entonces habíamos empezado a dibujar un proyecto de negocio en común centrado en el turismo… Ya sé que era la salida fácil, un mercado muy explotado dentro de Marruecos, pero era lo único que yo había conocido, a lo que se dedicaba mi familia y mis amigos. Y a su vez empezamos a mover los papeles para conseguir un visado para mí, para poder ir contigo a España… Te morías de ganas por enseñarme tu mundo, y yo no quise quitarte esa ilusión, pese a saber que era casi imposible que me dieran el visado, no tenía nada en el banco que me abalara, nada que le demostrase a la embajada que no me quedaría en España como un ilegal más. Eso a ti te sacaba de tu ser, te llevaban los demonios, no conseguías entender cómo podía haber dos realidades tan diferentes solo por el mero hecho de haber nacido en países distintos, tu pasaporte era marrón, el mío verde...

Más lágrimas rodaban silenciosamente y ni siquiera pretendía limpiarlas o detenerlas, solo cuidaba de que fueran silenciosas. Hamid siguió hablando con serenidad, con esa mirada suya que derrumbaba todas mis fortalezas.

—Pasaron los meses y aquello no avanzaba, necesitabas aire y yo lo notaba. Sentía dentro de mí que te estaba cortando las alas y eso me dolía en lo más profundo de mi ser. En ese tiempo, tu madre nos invitó a viajar a Túnez con tu familia. Yo nunca había cogido un avión, bien lo sabes, y Túnez era un país dónde no me hacía falta visado, así que tu madre, absolutamente generosa, me invitó a compartir con vosotros unas vacaciones en mi primer destino fuera de Marruecos. La verdad es que mi vida a tu lado ha estado llena de muchas primeras veces... Fue super bonito conocer a tu familia, a tus sobrinos a tus hermanos. Os miraba desde la distancia y sentía envidia sana de lo que veía, seres independientes con vidas felices que habían sabido encontrar un punto de unión y de compartir desde el amor. Fue una semana grandiosa, pero a la vez me acostaba cada día con el convencimiento de que aquello me quedaba grande, de que yo era poco para ti. Y tú te enfadabas conmigo cada vez que te lo insinuaba, no te estaba atacando Sol, yo sé que tú no te mueves por dinero, ni por lujos materiales, pero de verdad… ¿qué te daba yo que no te pudiese dar cualquier hombre más cercano a tu mundo?

—Hamid, estaba absolutamente enamorada de ti, de tu grandeza como persona, de tu corazón inmenso, de tu manera de mirarme, de ayudarme, de hacerme feliz, si supiera explicarlo mejor…me sentía realizada…. Pero sí que es cierto parte de lo que dices. Había una parte en mí que estaba silenciando, también por miedo a perderte supongo y es que no podíamos seguir viviendo como en una eterna luna de miel. Se me quedaba corto y aunque llenaba mis días con los niños del orfanato y estudiando y leyendo y disfrutando muchísimo de tu presencia, ansiaba por un lado tener un proyecto, algo conjunto que nos hiciese darle sentido a aquello y por otro lado la ansiada libertad para ti, tener la posibilidad de poder ir y volver cuando nos placiese…

—Sí, Sol…todo eso era real y lo sabes. He necesitado todo este tiempo para tomar consciencia de aquello, para hacer un análisis de lo que nos pasó y darme cuenta de que, aunque doloroso, muy doloroso, el mejor regalo que me pudiste hacer fue dejarme, irte.

Sus hermosos ojos color miel se ensombrecieron por un instante, estábamos tan conectados que podía sentir cada una de sus emociones. Hamid, volvió hacia los míos aquellos ojos que tan bien conocía y siguió hablando…

—Cuando te marchaste me hundí en un pozo profundo, por momentos sentía que me faltaba el aire, no le encontraba sentido a nada y volví a casa de mis padres. No quería hablar, no quería salir, no quería trabajar, me sentía una víctima total, y quería echarte a ti todas las culpas… Sí… Tú que me habías enseñado a soñar, que me habías hecho creer en el amor, que me habías mostrado la importancia de las pequeñas cosas, una risa, una flor, un amanecer, te habías atrevido a irte y ahora ¿qué hacía yo con todo ese vacío?

Aunque podía empatizar con él, y comprender lo me estaba diciendo, parte de mí, también sabía que no había sido nada fácil para mí… Eso alteraba mi esfuerzo por mantener mi ritmo y mi pulso… Hice un gran esfuerzo y solo desvié la mirada por un momento para poder recuperarme… ¿Por qué creería él que para mí había sido sencillo? No quise anclarme en ese pensamiento improductivo… Me deshice de él y seguí escuchando…

—Sol, iba de mal en peor, me empecé a refugiar en el alcohol, a mí que nunca me había gustado el sabor de la cerveza, solo así podía anestesiar tanto dolor. Me obligué a borrarte de mi mente, de mi teléfono, te bloqueé en todas las redes sociales, no quería saber nada de ti, ¿sabes por qué?... Porque sabía que eso te hacía daño, quería lastimarte, quería hacerte sentir mal por haberme dejado y sabía que eso a ti te mataba, que tú necesitabas saber que yo estaba bien para seguir adelante, pero yo quería castigarte.

¡Vaya si me había castigado…! Hasta mi Ser Superior era testigo de ello…

—Y entonces mi abuela se enfermó, se puso muy malita y mi madre me pidió que me trasladará a su casa para cuidarla y acompañarla. Mi abuela era cómo una segunda madre para mí, siempre habíamos tenido una conexión muy especial y no lo pensé dos veces... La vida me regaló las dos últimas semanas a su lado y ella me salvó una vez más. La cuidé, la di de comer, la aseé, la acompañé en sus últimos días, y consiguió que me abriese a ella, que le abriera mi corazón, y se lo conté todo, Sol... Le hablé de cómo me sentía, lo desgraciado que era, que no sabía por dónde seguir, que no tenía rumbo en mi vida. Y a la vez la hablé de ti, de cuán maravillosa eras, de lo feliz que me había sentido a tu lado y de lo mucho que me habías hecho crecer, fue una terapia, sacarlo fuera me reconfortó y me dio una tregua.

Mis lágrimas ahora sonreían... ese niño que había conocido se había esfumado y estaba empezando a verlo con mi corazón.

—Mi abuela me preguntó si yo te seguía amando y la dije que con todo mi corazón y ella me preguntó qué pensarías tú si me vieses así, de aquella manera, al borde del abismo... Le dijo que te sentirías decepcionada, que pensarías que te habías equivocado conmigo y que todo aquel potencial que siempre decías que yo tenía no existía... Entonces, me preguntó qué estaba dispuesto a hacer yo para cambiar eso... si eso era una razón suficientemente poderosa para un primer paso hacia el lugar dónde me quería ver en el futuro, pongamos que dentro de un año... Le dije que sí, que era la más poderosa Pero mi abuela en su inmensa sabiduría me dijo: «*Hamid, hijo mío, se inicia un nuevo ciclo para ti, pero recuerda esto y grábatelo a fuego, hagas lo que hagas a partir de mañana, hazlo desde tu corazón, pon la intención en ti, en tu crecimiento personal, en tu evolución como ser divino que eres, no pongas el foco en conquistar a Sol o a otra mujer. El secreto no es correr detrás de las mariposas, es cuidar el jardín para que ellas vengan a ti. Y, Hamid recuerda, lo único de lo que te arrepentirás en la vida, cuando llegue tu momento de despedirte, es de aquello que no te atreviste a hacer».*

Mi amado Hamid, por fin había trasmutado, como la oruga que se convierte en mariposa, sus alas se desplegaban con fuerza…

—Sol, mi abuela murió aquella noche, pero antes de irse me había sanado, había plantado en mi corazón la semilla adecuada.

—Lo siento mucho Hamid, sabía lo unido que estabas a ella —le cogí la mano para reconfortarlo.

—Sol, al día siguiente después de la despedida de mi abuela, hablé con mis padres y con mi hermano, les dije que quería empezar mi negocio y que me gustaría disponer de las tierras que la abuela dejaba en el desierto para levantar un campamento para turistas. Pero no quería que fuese un campamento más, quería hacer un centro de retiro y crecimiento personal, con *haimas* para practicar yoga, meditación y todas aquellas cosas que yo os había visto hacer aquí la primera vez que vinisteis. Yo quería que mi centro fuese un lugar de referencia para profesores y maestros que buscasen un lugar perfecto para desarrollar su máximo potencial y proporcionarles ese espacio de desconexión del ruido y conexión con el silencio, sin olvidar todo el encanto de la cultura marroquí —sus hermosos ojos, brillaban otra vez…

—Le pedí a Khaleb que se uniese a mí en este proyecto, él tenía más experiencia que yo con los turistas y con los idiomas… Y así fue como nació nuestro proyecto, llevamos casi un año trabajando en él y estoy deseando enseñártelo, además me puse las pilas con el español, espero que te hayas dado cuenta.

—Hamid, no sabes lo feliz que me hace escucharte, lo orgullosa que me siento de ti, siempre tuve fe en tu potencial. Solo tenías que encontrar el punto de anclaje perfecto, la palanca que te llevaría a accionar toda la maquinaria y si esa palanca ha tenido que ser el dolor que te produjo nuestra ruptura, la doy por válida, aunque conllevase dolor para ambos…. Estoy deseando conocer tu campamento. Es un poco mi sueño también, tener ese lugar mágico, donde crear experiencias de alto impacto emocional. Preparado y disponible para acoger a personas mágicas dispuestas a vibrar con el Universo en su misión de vida, ¡enhorabuena!

Estaba feliz de verdad, Hamid, sin darse cuenta, había dado un gran paso evolutivo, se había responsabilizado de cubrir sus propias necesidades insatisfechas y desde ahí ya podía ser libre para crear nuevas relaciones maduras. Porque por fin había comprendido que ni yo ni nadie podía darle nada que no fuese capaz de darse él a sí mismo primero.

Habíamos terminado la cena y Hamid me propuso ir a sentarnos en el rincón *chill out* de la terraza, hacía una noche espléndida de luna nueva y la bóveda celeste brillaba en toda su grandeza.

—Hamid ¿y tu futura mujer? ¿Quién es? ¿Cuándo te casas? —notaba cómo se me entrecortaba la voz al hacer la temida pregunta, se había creado un clima íntimo entre los dos. Me sentía otra vez muy conectada a su alma, me hubiese gustado poder parar el tiempo y detenerlo allí. Solos él, yo y las estrellas.

—Sol, ¿tú todavía me amas?

Bajé los ojos, no podía mentirle si le miraba directamente.

Y claro que le amaba, me habían bastado dos días en Marruecos y volver a verlo para saber cuánto le amaba, pero ya era tarde para mí, él era de otra y yo no quería romper eso.

Me había estado mintiendo a mí misma durante casi un año, asegurándome de que ya no lo amaba. Pero había tomado la decisión correcta cuando terminé la relación, y firmemente creo que así fue.

Por todo lo que Hamid había contado, lo nuestro estaba destinado al fracaso, suerte que supimos decirnos adiós a tiempo, suerte que nos dimos tiempo para evolucionar y aprender lejos el uno del otro. Nuestra ruptura, probablemente más inconsciente que conscientemente nos había hecho recolocarnos en el punto exacto para poder volver a encontrarnos encajando definitivamente las piezas.

—Hamid, yo, si te amo, pero……

—Shhhh, me tapó la boca con sus dedos, me miro a los ojos, ojos que me quemaban en la oscuridad de la noche y me besó. Yo, cerré los míos y me dejé llevar, sentí que todas las estrellas del cielo estallaban en mi pecho y todo mi cuerpo vibró con la descarga. Los labios de Hamid acariciaron los míos con ternura y cuando se separó de mi me sentía tan débil que tuve que apoyarme en su pecho para no venirme abajo.

—Hamid, no, ¿por qué me haces esto?, no es justo, tu mujer, yo… lo siento…

E hice ademán de levantarme para irme, pero Hamid me sujetó de la muñeca, cogió mis dos manos y me dijo:

—Sol, ¿quieres casarte conmigo? No hay ninguna otra mujer, yo nunca te hablé de otra mujer, yo te dije que iba a casarme y eso es lo que quiero hacer, casarme, pero contigo.

Caí sobre mi sitio como si viniera descendiendo desde la luna… Mi corazón parecía que iba a estallar… no podía pensar… ni pulso ni vibraciones ni Ser Superior para echarme una mano… Flotaba en un limbo, muda, atónita y, seguramente, con mis ojos enormes y mi boca abierta por el shock…

—Sol, casémonos, por fin he descubierto lo que quiero en la vida, cuál es mi propósito y sé que tu propósito es muy parecido al mío, hagámoslo juntos. Te amo con todo mi ser y veo en tus ojos que tú también a mí. Ahora tenemos el campamento, sé que siempre has soñado con tener un sitio así para desarrollar tus terapias, para sanar a personas, para repartir felicidad, y cuando nos casemos podré acceder a los papeles que me permitirán viajar contigo, recorreremos el mundo juntos, disfrutaremos del camino y de los nuevos aprendizajes que nos depare la vida, pero lo haremos desde el disfrutar, ya vale de sufrimientos y despedidas, ¿qué me dices? Sol, ¿quieres casarte conmigo?

Una estrella me trajo de vuelta a la realidad en un instante, creo que mi sonrisa iluminaba la noche.

—Sí quiero, sí, una y mil veces sí, quiero todo contigo, quiero un proyecto conjunto, quiero levantarme y acostarme a tu lado, quiero viajar y descubrir, quiero exprimir la vida al máximo y por qué no, quiero el cuento de hadas, sí quiero… Y lo que ahora quiero es que me hagas el amor aquí, quiero sentir tu cuerpo fundiéndose con el mío, quiero que nos demos placer a manos llenas, quiero que nos encuentre el alba enredados en la cama.

«Hay quienes buscan un final feliz, y otros, mis favoritos, quienes buscan ser felices sin final»

Cora Coralina

CAPÍTULO 12. Porque ayer no lo hicimos, porque mañana es tarde... Ahora

Efectivamente, la mañana nos encontró desnudos y sudorosos, pero inmensamente felices.

Nos habíamos reencontrado en una unión muy superior a cualquier encuentro físico, habíamos tenido un entrelazamiento cuántico dónde nuestras almas se habían presentado sus respetos mutuos para construir desde el amor el mejor de los escenarios posibles.

Estaba hambrienta y excitada y me sentía como flotando sobre el suelo, Hamid se asomó desde el baño y me dijo:

—Hoy va a ser un gran día Sol, te lo prometo, no lo vas a olvidar fácilmente. ¿Confías en mí?

—Claro amor, ya lo sabes

—¿Podrás simplemente confiar, confiar ciegamente y fluir?

—Uy, no sé, mucho me pides, ¿qué tramas?

—Ven, nos han traído el desayuno, estoy hambriento, ¿tú te acuerdas lo que me dijiste ayer?

—Si, te dije que sí, que quiero casarme contigo

—Sol, ¿quieres casarte conmigo hoy?

—¿Hoy? ¿Cómo que hoy?

—Has dicho que ibas a confiar, ¿quieres casarte conmigo hoy?

—Pero… Sí, sí quiero… ¡Ay, Dios…! Me estoy mareando… Si esto no es lanzarse al vacío y confiar…

—Perfecto, te dejo con mis hermanas y con mi madre, ellas te van a ayudar a prepararte, yo voy a organizar unas cosas, nos vemos en un rato, recuerda que te amo.

Me dio un beso largo y se fue, me quedé allí sentada delante del desayuno… ¿me iba a casar?, ¿me iba a casar hoy?, ¿Ser Superior dónde estás?, ¿y tú que dices?

—Sol, yo soy la voz de tu alma y tu alma ya ha hablado, ya ha decidido, ¿qué más necesitas saber? Todo está bien, todo está en coherencia, ahora toca relajarse y disfrutar del momento…

Por la puerta aparecieron Fátima con su eterna sonrisa, Maryam y Aziza y la pequeña Aisha, venían cargadas de cosas, telas, bolsas, flores, lo depositaron todo sobre la cama y nos fundimos en un abrazo.

Esto iba a ser divertido, ninguna de ellas hablaba mi idioma. Pero no importaba, estábamos unidas por algo más grande, que volvía a ponernos de manifiesto que los límites se desdibujan en la mente cuando el propósito es firme.

Rápidamente habían llenado la bañera de agua supercaliente, pero antes me perseguían con cepillos de colores.

Ya conocía esos cepillos, los típicos de los *hammams*, con los que se frotan la piel unas a otras para eliminar todo rastro de células muertas.

Me metieron en el baño, prácticamente convertido en una sauna y empezaron a frotar mi espalda, los brazos, las piernas... aguanté estoica, no tenía nada que hacer, eran tres contra una. Mientras la pequeña Aisha, se probaba todos los vestidos posibles y giraba sobre sus pies riéndose a carcajadas.

Cuando ya consideraron que mi tono rosado de lechón recién nacido era suficientemente saludable me ayudaron a sumergirme en la bañera y lavaron mi pelo largo, nunca lo había tenido tan largo como ahora, y lo frotaron con todo tipo de aceites y jabones para dejarlo brillante igual que el azabache.

Ya estaba lista y perfumada ahora tocaba la ceremonia de la Henna, me dieron un vestido ligero, tipo caftán en tonos azules y cada una de ellas se dispuso a decorar mis manos y pies con primorosas figuras que simbolizan el amor, la fertilidad y la abundancia.

Pero antes por señas me pidieron que saliera, supuse que para no manchar nada con la henna lo íbamos a hacer en el patio exterior de la parte superior del *riad* dónde anoche cenamos Hamid y yo, y efectivamente, allí habían colocado un sofá para mí.

Me disponía a sentarme cuando vi aparecer por las escaleras a mi madre y a mi hermana... No daba crédito, cerré los ojos por si aquello me lo estaba imaginando, pero no, allí estaban, se abalanzaron sobre mí y nos fundimos en un abrazo.

—¿Qué hacéis aquí, ¿cómo puede ser?... Mamá, ¿tú lo sabías?, pero yo, ayer... —estaba tan nerviosa que no me salían las palabras— Hamid y yo nos vamos a casar, esta tarde, según lo decía en voz alta empezaba a ser consciente de todo aquello, era real… no era un sueño. Mamá yo le amo, le amo mucho y me he dado cuenta de que durante este año he estado muy triste, aunque no me lo quisiera admitir ni a mí misma.

—Tranquila Sol, lo sabemos, todo está bien. Tu llevas la felicidad implícita en tu ser, y ahora te toca compartir esa felicidad con el hombre que has escogido, que os habéis escogido mutuamente y te mereces seguir el camino que tu corazón te marca.

—Eva, ¿y vosotras?, ¿cómo habéis llegado tan pronto?

—Sol, Hamid me llamó la semana pasada. Oye, ¡qué bien habla ahora español!... Y me contó todo, lo del campamento, lo de su abuela y me dijo que seguía enamorado de ti y que te iba a pedir matrimonio. Me contó su plan y me pidió que viniésemos a estar contigo este día, que el confiaba ciegamente en que le dijeses que sí, pero que, si no, en cualquier caso, disfrutaríamos de unos días de vacaciones aquí… ¡Hemos venido todos, Sol! Darío y los niños están con los chicos, esta ceremonia es sólo para mujeres, incluso ha venido papá, él dice que le da igual cómo se casen aquí los marroquís, que *él es el padre de la novia y que te acompañará al altar…*

Me emocioné, mi familia entera, aquí conmigo, incluso mis padres juntos, con lo mal que se habían llevado siempre. Miré a mi madre y le di las gracias, ella sabía que para mí era importante y supongo que con eso le habría bastado para superar todas sus reticencias.

Me sentía cómo en una nube, feliz con mayúsculas.

Aproveché para llevarme a mi madre a la barandilla y enseñarla la inmensidad del desierto, que se empapara de su belleza y su poder.

Fátima vino a buscarnos, habían subido bandejas de té, dátiles, y todo tipo de pequeños *sándwiches* para que comiésemos algo, pero amorosamente me llevó hasta el sofá y me invitó a sentarme.

La henna no podía esperar más y fue así que empezaron a decorar mi cuerpo a la vez que tarareaban bonitas canciones en su idioma.

—Sol, voy a buscar a los niños, quiero que se interioricen de todo esto y que aprendan y disfruten de las tradiciones diferentes.

—Tíaaaaaaaaaaaaaaa… —se me abalanzaron a los brazos, me los comí a besos… ¡cómo los quería!

—¿Te están haciendo tatuajes? ¿por qué? ¿las novias llevan tatuajes? ¿y tu vestido? ¿vas a ir de princesa?

Cuando Maya, cogía ritmo podía disparar preguntas sin parar...

—Ven aquí *amore* mío, ¿tú te acuerdas de Hamid?

—Claro tía ha venido a buscarnos al avión y nos ha traído caramelos y me ha dicho que me montará en un camello…

—¿Te vas a casar con él?, ¿va a ser nuestro tío? —Nico, mi niño bonito— ¿lo puedo llamar tío Hamid?

—Claro que sí, cariño… va a ser vuestro tío, ¿qué os parece?

—Biennnnnnnn, se lo voy a contar a todos mis amigos

del cole…a lo mejor conoce a los pajes de los Reyes Magos…

Puse los ojos en blanco, yo no era muy partidaria de contar a los niños ese tipo de historias fantásticas que únicamente fomentaban el consumismo desmedido, pero por otro lado ver su inocencia e ilusión era muy bonito, en cualquier caso, era algo que yo tenía que respetar ya que mi hermana y mi cuñado así lo habían decidido.

Ya estaba lista, preciosos dibujos adornaban mi cuerpo, ahora tocaba vestirme, mientras me maquillaban, la hermana de Hamid había recogido mi pelo en diferentes trenzas que luego había unido en un moño.

Pasamos a mi habitación y allí estaba un vestido de princesa del desierto, de un color arena muy suave, tirando a blanco roto, muy vaporoso y con flores rojas bordadas en la solapa y en el borde de las mangas, me pareció único y maravilloso.

Tenía tanto que preguntarle a Hamid, cómo había organizado el solo todo esto, estaba impresionada. Para terminar el look me pusieron una corona de flores rojas y pequeños cristales en la cabeza.

Me miré al espejo, estaba radiante, allí sentada en mi silla, pero ya casi ni la veía, quedaba relegada a un segundo plano.

—Bueno, pues ya estoy lista, ¿ahora qué?

—Sol, me dijo mi hermana, nosotros nos vamos a ir yendo al lugar de la ceremonia, ahora, vendrán a buscarte dos primos de Hamid y te ayudarán a bajar y a llegar allí. Papá está abajo también esperándote — me dio un beso— ¡Disfruta, hoy es tu gran día!

Se fueron todas y me quedé allí sola, esperando.

Me sentía bien, me sentía plena, tomé mi pulso del corazón con la mano derecha y me conecté con todo lo que fue y con todo lo que estaría por llegar. Y desde ahí, desde mi presente elevé una plegaria de agradecimiento a la vida, a mi vida, que, aunque muchas veces había estado de bajada, como en una montaña rusa, simplemente había sido para coger impulso y así subir para llegar mucho más lejos. Gracias, gracias, gracias.

Llegaron Ibrahim y Ahmed, los primos de Hamid y después de decirme lo guapa que estaba me cogieron literalmente a la silla de la reina para bajarme las escaleras, bajaron también mi silla.

Y en esa puerta majestuosa me esperaba mi padre, todo elegante, me abrazó.

—Te quiero Sol, te quiero. Creo que muy pocas veces le había escuchado decirme esas dos palabras tan potentes. Y es una pena, que todos tengamos recursos tan fáciles y mágicos, además de gratis y que abren tantas puertas, y no los usemos. ¡Ojalá nos dijéramos más a menudo te quiero!

—Lo sé papá… ¿Qué te parece? Me voy a casar con Hamid…

—Siempre me gustó ese chico, tiene un corazón puro.

—Mira Sol, nos vamos en camello, —¿Alguna vez te imaginaste llegar a tu boda así?

—La verdad es que no, ni en la más remota de mis fantasías, tampoco entraba entre mis planes casarme, pero estoy encantada con abrazar nuevas ideas y posibilidades.

«Avanza un paso hacia los dioses y ellos darán
diez hacía ti».

Joseph Campbell

Allí había una fila de camellos arrodillados, listos para que nos subiésemos. Otra vez Ibra y Ahmed me ayudaron a subir, no era la primera vez para mí, así que estaba confiada, ya en su día ideamos una silla forrada de cojines para que mi culo no sufriera, mi padre subió al otro y cargaron mi silla en un tercero, ellos tirarían de las riendas.

Y allí subida avanzamos por el desierto hasta que desde lo alto de una duna pude ver el campamento nuevo de Hamid.

Era mejor de lo que había imaginado, con sus *haimas*, su camino de alfombras y al final una especie de *altar* delimitado por velos blancos que se ondeaban al compás del suave viento, todo rodeado de velas y con un fuego en medio.

Yo solo tenía ojos para Hamid, tan guapo, estaba de pie esperándome con su traje típico marroquí en tonos azules que contrataba con su piel dorada.

Me ayudaron a bajar del camello y pude avanzar por todo el pasillo acompañada de mi padre, a los lados sentados sobre cojines y *pufs* los invitados, su familia, la mía y no me lo podía creer, allí estaban también Martina, Anne e India.

El corazón me explotó de felicidad, me miraron y me lanzaron besos con la mano, Hamid se había acordado de ellas y de lo importantes que eran para mí y las había invitado. También estaba Carolina con Alí, que me guiñó un ojo….

bueno ya habría tiempo para hablar con todas, ahora quería vivir aquello de la manera más intensa posible.

La celebración de nuestro amor infinito en un lugar dónde no existían muros. Simbólicamente, para nosotros, el desierto representaba eso. Hamid y yo entrelazamos nuestras manos y nos recitamos nuestras promesas cósmicas a la vez que el sol se iba poniendo sobre el horizonte bañando toda la ceremonia de una luz mágica.

—Te amo, gracias por todo lo que has hecho, nunca podré olvidarlo.

—Te amo, gracias por confiar en mí, por aparecer en mi vida.

Entonces Anne, se levantó y vino al altar para recitar un poema del gran **Khalil Gibran.**

«Nacisteis juntos y juntos para siempre.
Estaréis juntos cuando las alas blancas de la muerte
esparzan vuestros días.
Sí; estaréis juntos aun en la memoria silenciosa
de Dios.
Pero dejad que haya espacios en vuestra cercanía.
Y dejad que los vientos del cielo dancen
entre vosotros.
Amaos el uno al otro, pero no hagáis del amor
una atadura.
Que sea, más bien, un mar movible entre las
costas de vuestras almas.
Llenaos el uno al otro vuestras copas, pero no bebáis de

una sola copa.

Daos el uno al otro de vuestro pan, pero no comáis del mismo trozo.

Cantad y bailad juntos y estad alegres, pero que cada uno de vosotros sea independiente.

Las cuerdas de un laúd están solas, aunque tiemblen con la misma música.

Dad vuestro corazón, pero no para que vuestro compañero lo tenga.

Porque sólo la mano de la Vida puede contener los corazones.

Y estad juntos, pero no demasiado juntos.

Porque los pilares del templo están aparte.

Y, ni el roble crece bajo la sombra del ciprés ni el ciprés bajo la del roble.»

¿Y qué es el amor? Más que aquello de entregarse el uno al otro sin barreras, sin límites, entregarse a la sinceridad recíproca con confianza y respeto.

Los dos nos lo habíamos demostrado con creces, los dos confiábamos el uno en el otro, nos habíamos encontrado en una dimensión profunda, dónde mis límites de movilidad, sus límites de papeles habían pasado a un segundo plano y sólo el amor sincero nos daba alas para superar juntos lo que estuviese por llegar.

¡Qué empiece la fiesta, la música, los bailes!...

Inshallah[30]

---

[30] **Nota de traducción:** Inshallah – (en árabe) Si Dios quiere.

EPÍLOGO

Había pasado ya un año desde que nos casamos allí, rodeados de nuestros seres queridos y, en todo este año, nuestro amor había seguido creciendo y fortaleciéndose a la vez que nuestro negocio, el campamento *"Un salto cuántico"* se había posicionado como un lugar de referencia en el circuito de los profesores y maestros de las diferentes disciplinas alternativas.

Todos los días del año recibíamos solicitudes de grupos de personas, de todos los rincones de Europa y también de Sudamérica, allí se respiraba un ambiente de energía positiva, magia y crecimiento personal.

Por fin también teníamos nuestros papeles en regla, Hamid había conseguido la ansiada residencia española que le permitía cruzar la frontera de mi mano y en ello estábamos ahora en terminar las maletas para iniciar un nuevo viaje. Khaleb y su mujer, de nuevo embarazada, se quedarían al frente del campamento y nosotros nos íbamos en busca de nuevas experiencias y nuevos horizontes que explorar.

En cuanto a mí, solo puedo estar agradecida a la vida, porque si echo la vista atrás y hago un recordatorio de todos los acontecimientos que han marcado mi camino, ahora veo con mucha más claridad que de todos he sacado algo positivo, un aprendizaje que me ha llevado siempre un pasito más allá.

Y si algo ha marcado este recorrido es el hecho de no haberme rendido nunca a mi realidad, no aceptar los límites que se supone que la sociedad me imponía por el mero hecho de ir en una silla de ruedas.

Yo pongo mis propios límites, aquellos que sean coherentes con mi sentir, pero incluso estos límites son techos de cristal que he roto una y otra vez.

No hay más secreto que creer en uno mismo, conocerte y amarte tanto que sea eso lo que irradias al exterior y, por lo tanto, lo que atraerás de vuelta a tu vida, AMOR.

PALABRAS FINALES

Lo primero que quiero hacer es darte las gracias por haber llegado hasta aquí, por haber confiado en que este libro escrito desde mi corazón iba a llegar de manera directa a tu corazón.

Quiero compartir contigo algo que ya forma parte de mi vida real, y no de la novela, ya que yo, al igual que Sol, también voy en silla de ruedas y un día hace ya tiempo, una Ananda de la vida me dijo, Sonsoles tu silla **es tu instrumento de poder, úsalo.**

En aquel entonces no lo entendí, hasta te diré que casi me causó un cierto rechazo, pues no en vano, llevaba muchos años intentando hacer ver que la silla no existía, que yo era una más.

Y aunque ese es mi *leitmotiv*, también he descubierto que la silla ha despertado en mí habilidades y características que me han abierto un camino de comunicación e inspiración, al que estoy entregada en cuerpo y alma con el único propósito de compartir con todos los que me quieran escuchar el siguiente mensaje:

No dejes que la vida te lleve al límite del dolor para dar el primer paso en tu camino de crecimiento personal. Despierta hoy, despierta ahora, porque dentro de ti está todo el potencial del Universo, para crear la mejor versión de ti mismo.

Yo sé que hay muchas historias de superación personal en el mundo, muchas públicas y muchísimas más anónimas. Y que es inevitable que nos inspiren, ya que nuestro cerebro, irremediablemente, tiende a pensar y comparar por inercia, «si yo que tengo una vida relativamente cómoda, relativamente sana, estoy siempre en la queja y en el drama, y esta persona que está delante de mí, que va en una silla de ruedas, que le falta un miembro, que ha sufrido un cáncer, que ha enterrado un hijo…me está diciendo que es feliz, que vive desde el gozo, que da gracias a la vida por disfrutar de un día más, ¿cuál es el secreto?»

Pues no amigos, no es ningún secreto, **es cuestión de vivir desde el SER y conocerte perfectamente, para saber cuál es tu propósito de vida y, así, poder manifestarlo y vivirlo desde todas tus emociones. Ten la suficiente valentía cómo para seguir a tu corazón, él ya sabe en lo que verdaderamente tú te quieres convertir.**

◉ Si quieres contar conmigo para poner mi granito de arena inspirando al mundo con una charla motivacional puedes escribirme a sonrie@sonsolesconde.es

◉ Si quieres animar a otros a leer mi libro, por favor deja tu opinión sobre este libro en la sección de comentarios de Amazon.

◉ Y si quieres compartir conmigo tu opinión, tus sensaciones y emociones sobre «Vitaminas para el Alma», deja en este formulario tu comentario, que yo estaré encantada de leerlo:
https://forms.gle/xNihtWaWrXDHNpMh6

◉ Si eres un maestro en tu área y buscas un campamento mágico como el de Sol y Hamid para realizar tus terapias lejos del ruido escríbeme un mail fluye@sonsolesconde.es y te informaré de todo.

◉ Si crees que yo puedo ayudarte con una sesión individual, completa este formulario de mi MÉTODO AVANCE.

GRACIAS, GRACIAS, GRACIAS.

Instagram

Facebook

YouTube

Twitter

Printed in Poland
by Amazon Fulfillment
Poland Sp. z o.o., Wrocław

80811783R00092